Für

`D1721688`

Adam

Paul
Mondschein

Die Hochzeit

des Tellerwäschers

Roman in 5 Akten

von

Paul Mondschein

1. Auflage

Mondschein Verlag, Stuttgart

Originalcopyright © Paul Mondschein 2012

ISBN 978-3-00-038264-2

Gesamtherstellung: Print Consult GmbH, München

Für meinen Sonnenschein

Für meine Familie

Das Glück besteht nicht darin,

dass die Welt sich um einen dreht,

sondern darin, dass man sich gemeinsam

mit der Welt dreht.

Zusammen mit den Menschen, die man liebt.

Inhalt

Die Einladung

Vor einem starken Jahr hat etwas begonnen, das meine Sicht auf das Leben völlig verändert hat …

1 Vorstellung

Mein Name ist Sebastian, und ich bin verheiratet mit der tollsten Frau der Welt. Ich bin 36 Jahre alt und spüre endlich den Mut in mir und die Tatkraft, die ich seit Langem vermisst habe. Ich wohne noch in Deutschland, aber meine Familie ist auf der ganzen Welt.
Ich bin davon überzeugt, begriffen zu haben, warum ich auf dieser Welt bin. Ich habe keine Angst mehr. Keine Angst mehr davor, wirklich zu leben.

Zugegeben, dass dies vor einem Jahr noch anders geklungen hätte. Damals hätte ich geschrieben, dass mein Name Sebastian ist, ich 35 Jahre alt bin und verheiratet. Ich greife den Dingen vor, aber vielleicht verändert euch diese Geschichte, wie sie mich verändert hat. Ich schreibe sie, auch wenn sie nur zu einem kleinen Teil meine eigene ist, weil sie vor allem die Geschichte einer Hochzeit ist, einer Hochzeit, wie man sie nicht in den wundervollsten Märchen finden könnte, einfach, weil sie wahr ist.
Meine Frau Hannah und ich arbeiten als Anwälte. Fachgebiet Arbeitsrecht. Wir haben uns beim

Jurastudium kennengelernt. Hannah ist die unglaublichste Frau, die ich jemals gesehen habe: Sie ist bildschön, kein bisschen arrogant, ein Freund, ein Kumpel. Sie kam gleich nach der ersten Vorlesung auf mich zu und fragte mich, ob ich irgendetwas von der ganzen Sache verstanden hätte, obwohl ihre Augen eindeutig sagten, dass sie die Vorlesung wahrscheinlich besser selbst gehalten hätte. Ich ließ mich sofort auf das Spiel ein und tat so, als ob ich ihr meine mageren, krakeligen Aufschriebe unbedingt erklären sollte. Für uns bestand von Anfang an kein Zweifel, dass wir uns gefunden hatten. So etwas erkennt man an 1001 Kleinigkeiten, die einem im Alltag begegnen. Vor allem aber daran, dass man sich nicht verstellt, um dem anderen zu gefallen. Meine Verträumtheit und leichte Vergesslichkeit hätte ich nicht überspielen können. Aber ich hätte so tun können, als ob mich Yoga und Joggen genauso faszinieren wie Fußball und Autorennen. Im Grunde ist es sehr erstaunlich, dass eine Beziehung von Gemeinsamkeiten lebt, aber nur lebenswert bleibt, wenn man weiterhin eigenständig bleibt.

Desto erschreckender war die Erkenntnis, dass sich auch bei uns in den vergangenen Jahren ein Alltag eingeschlichen hatte, bei dem man den anderen weiterhin respektiert, sogar liebt, aber den ich mir heute nicht einmal mehr vorstellen möchte. Ein Nebeneinanderleben, in dem nur das Nötigste mitgeteilt wird, weil man auf den nächsten Termin muss. Eine

Ermüdung in der Zeit, in der man füreinander da sein sollte. Eine zurückgehaltene Meinung zu Dingen, die einen Konflikt bedeuten könnten.

Wie oft haben wir unsere tieferen Gedanken voreinander verborgen und uns gegenseitig erklärt, dass jetzt die Arbeit wichtiger sei. Die Arbeit und vor allem irgendwann Kinder zu kriegen. Die Betonung liegt auf irgendwann.

Mittlerweile hatten die meisten befreundeten Pärchen von uns Kinder. Wir waren eine Ausnahme. Dieser Fortpflanzungsdrang an den Menschen ist doch unglaublich. Alle argumentierten damit, dass die biologische Uhr tickt, dass Stammhalter herangezogen werden müssen, dass das doch der eigentliche Sinn des Daseins wäre.

Mir war diese Sache suspekt und vor allem die Probleme, die manche dabei hatten. Diese Paare hatten es mit künstlicher Befruchtung versucht - mehrere Male -, alle möglichen Ärzte und Gurus aufgesucht, und am Ende hatte es doch nicht geklappt. Denen ging es richtig schlecht. Jedes Mal, wenn wir mit diesen Pärchen zusammen waren, lief das Gespräch auf das Gleiche heraus. Das Problem war, meiner Ansicht nach, die Tatsache, dass alles so aufeinander abgestimmt war. Vielleicht hätte es geklappt als sie jünger waren, aber da hatte man sich auf die Karriere oder sonst irgendetwas konzentrieren müssen. Jetzt, wo Haus, Altersvorsorge und Charaktereigenschaften in geregelten Verträgen verliefen, funktionierte die Sache nicht, und man war zu Tode unglücklich, weil man doch alles so schön geplant hatte.

Hannah und mir ging es nicht um die Tatsache, dass wir Dinge schön geplant hätten, sondern darum, zu wissen, warum man manche Dinge möchte. Aber all das wusste ich schon irgendwie, hab es aber nicht in die richtige Beziehung zueinander gesetzt. Außerdem wusste ich nicht, was mit mir nicht stimmt. Jedenfalls war ich gelangweilt, nicht unzufrieden, aber auch nicht glücklich. Bis zu einem Sonntag.

2 Termin für ein Gespräch

Es war ein ungewöhnlich kalter Tag im Juni - so um die 18 Grad. Schon beim Öffnen der Augen wusste ich, dass dieser Tag etwas Ungewöhnliches für mich bereithalten würde. Vielleicht wunderte ich mich bloß, dass ich keinen Kater hatte, weil am Vortag ein paar Bier zu viel ihren Weg in mich gefunden hatten. Wir waren auf Michis Geburtstag gewesen, und der Gute hatte schon grillen müssen, obwohl noch gar nicht die richtige Zeit dafür war. Die Brettspiele und Unterhaltungen im Anschluss hatten mich gelangweilt und genervt. Meine gute Miene zum Spiel und die Bierchen ließen mich den Abend überstehen. Wahrscheinlich hatte ich mich auch erkältet. Nochmals danke, Michi.

Jedenfalls war ich ein wenig aufgeregt - nicht so, wie von Hannah mit einem neuen Negligé überrascht zu werden -, aber irgendwie elektrisiert. Also ziemlich wach für einen Sonntag. Ich hatte gerade Kaffee aufgesetzt und die Zeitung aus dem Briefkasten gefischt, als ich einen dunklen Mercedes S600 in unsere Straße einbiegen sah. Normalerweise hätte ich gedacht, dass sich der Fahrer ziemlich verfahren hat, aber dieser Moment war anders. Es ist wohl so, dass, wenn man ein wenig aufgeregt und nervös ist, besser auf Unvorhergesehenes reagiert. Warum? Was weiß denn ich.

Der S600 hielt vor unserer Haustür. Ein Mann stieg aus. Er hatte graues Haar. Nicht mehr so viel, aber dennoch. Er trug einen hellgrauen Nadelstreifenanzug, ein hellblaues Hemd mit einer hellen Krawatte. Dunkle Aktenmappe in der Hand. Alles in allem eine sommerlich-geschäftsmäßige Erscheinung. Er besah unser Klingelschildchen und unseren Briefkasten im Mäuerchen neben dem Gartentor zu unserem großflächigen fünf Meter breiten und einen Meter langen Garten. Nickte sich selbst zu. Er klingelte. Ich reagierte erst mal nicht, und meine Erinnerungen sind nicht ganz alibisicher in diesem Fall. Hannah oder ich - obwohl ich doch so wach war -, einer von uns beiden ist an die Sprechanlage gegangen.

Der Mann bat höflichst, die frühe Störung zu entschuldigen und fragte, ob er denn auf ein kurzes Gespräch eintreten könne.

Unter den üblichen Höflichkeitsbekundungen, die ein Mann von solchem Format mit sich bringt, hatten wir ihn dann an unserem Esstisch sitzen. Eiche rustikal.

Anders als erwartet, trank der Herr mit uns Kaffee. Nach einem ersten, schlürfenden, der Temperatur geschuldeten Schluck, räusperte er sich. Die Geräusche gingen ineinander über, und man konnte nicht sagen, ob das Schlürfen nur ein Räuspern war. Obwohl er schon total aufrecht saß, richtete er sich noch mal auf. Tolle Tricks übrigens.

Er stellte sich vor als ,Herr Dr. Söhnlein' und erzählte von einer besonderen Freude, die sein Geschäft nur ab und an mit sich bringt.

An dieser Stelle sollte ich erklären, dass da, wo andere Menschen ihr Gehirn haben, sich bei mir eine Dampfmaschine befindet. Ich dachte: „Söhnlein" hab ich doch schon mal gehört. Es ratterte, es krachte, und Peng! - vor uns saß der Chef der renommiertesten Anwaltskanzlei der Stadt.

Ich schaute Hannah an. Hannah schaute mich an. Und da wusste ich, dass sie das wieder Mal schon lange wusste.

Ich dachte noch, wir haben doch keinen Fall, in dem unsere Kanzleien konträr vertreten sind, als er berichtete, dass ein besonderer Mandant sich an ihn gewandt habe, mit der Bitte um Erfüllung eines Dienstes. Der Überbringung einer Einladung zu einer ganz besonderen, freudigen Veranstaltung, nämlich zur Hochzeit eines sehr alten guten Freundes. Des Herrn Malik.

Hannah schaute mich fragend an, und ich wusste im ersten Moment auch nicht so recht, wohin damit. Den Namen kannte ich, aber woher genau?
Hmm. Meine kleine Dampfmaschine im Kopf war ja gerade erst angesprungen, und nach einer weiteren ächzenden Umdrehung und - Trommelwirbel im Hintergrund -,

erfolgte die Erkenntnis: Malik konnte nur dein alter Schulfreund sein, mit dem du seit zirka zwanzig Jahren nicht mehr gesprochen hast.

Ich war platt. Wärt ihr auch gewesen.

Herr Söhnleins dramaturgische Pause – die er sicher gemacht hatte –, hatte ich nicht einmal mitbekommen. Dieser verfolgte dafür amüsiert die Arbeit der Dampfmaschine. Meinen ahnungsvollen, aber dennoch verwirrten Blick, kommentierte er gar nicht. Hannah reagierte gelassen und fragte erst einmal, wann denn die Hochzeit sei. Aber Herr Dr. Söhnlein antwortete ausweichend, dass er nur zur Vereinbarung eines Termins hier erschienen sei, deshalb auch dieser unmögliche und freche Zeitpunkt seines Auftretens, da er mit uns persönlich sprechen wolle, aber in den letzten zwei Wochen in unseren Terminkalendern nur sonntags ein freier Zeitraum zu finden gewesen sei. Er hatte recht. In dem Moment habe ich nicht mal darüber nachgedacht, woher er das wusste. Er wusste es eben.

Der Anwalt wollte den wohlverdienten Sonntag nicht noch länger strapazieren und bat uns daher um ein Treffen in den nächsten vier Wochen für ungefähr zwei Stunden.

Hannah und ich haben jeweils eine Sekretärin. Wir haben sie sogar zur selben Zeit eingestellt. Gut, meine Sekretärin ist zwar nicht sehr hübsch. Was mich

eigentlich ein wenig wundert. Ich glaube, ich hatte
mich eigentlich für eine andere entschieden. Aber als
sie dann da war, hab ich erstmal nichts gesagt, weil
ich gedacht hab, dass ich mich vielleicht doch vertan
hatte.

Nach ihrem ersten Tag war ich dann überzeugt, dass ich
mich doch nicht vertan hatte. Sie hat ein Gehirn wie
ein Computer – was mir schon einige Male mehr als
geholfen hat. Ihre Fähigkeit, Termine zu vereinbaren,
mich rechtzeitig daran zu erinnern und mir dann noch
ein passendes Stichwort hinterher zu werfen, welches
ich dann in den Brennofen meiner Dampfmaschine stecken
kann, ist einfach beeindruckend. Will sagen, ich
glaube nicht, dass sie vergessen hätte, mir
mitzuteilen, dass jemand von der Kanzlei Söhnlein &
Partner angerufen hätte. Egal, aus welchem Grund.

Okay, mit der Arbeit hatte das hier nichts zu tun, und
der Anschein sollte auch nicht geweckt werden. Herr
Dr. Söhnlein ist clever. Wenn es kein Geschäftstermin
sein sollte, dann war er hier goldrichtig. Die Herrin
meiner privaten Termine saß neben mir. Wahrscheinlich
hätten die beiden mich gar nicht gebraucht. Witzig
wurde es immer dann, wenn sie mich an Treffen mit
meinen Jungs erinnern musste. Ja, aber Malik war mein
Freund, also war es schon gut, dass er mit uns beiden
sprechen wollte. Herr Dr. Söhnlein ist clever. Hannah
holte ihren Kalender. Es ist ihr Kalender. Definitiv.
Ich hab einmal hineingeschaut und versucht, einen
Termin zu finden. Es hat mich so verwirrt, dass aus

meinem üblichen Kaffee mit Milch und Zucker eine eigentümliche Kaffeekreation mit Bananenmilch geworden ist.

Sie vereinbarten einen Termin in der folgenden Woche, und Herr Dr. Söhnlein entschwand in seiner höflichen Art. Bei manchen Menschen hab ich das Gefühl, dass die Höflichkeit für sie nur ein Spiel ist, das man halt mitspielen muss. Bei diesem Anwalt hab ich das Gefühl, dass er schon als höflicher Mensch auf die Welt gekommen ist. Wahrscheinlich hat er sich nach der Geburt bei seiner Mutter entschuldigt, dass er ihr so viele Unannehmlichkeiten bereitet hat, und das ist in diesem Fall nicht abschätzig gemeint.

Als Herr Dr. Söhnlein gegangen war, fragte ich Hannah, ob heute noch irgendetwas auf dem Programm stehen würde. Aber sie schaute mich nur an, lächelte kurz, zwinkerte mir zu und sagte: „Ich geb dir dann Bescheid."

Das werde ich noch häufiger sagen, aber später erfuhren wir, dass an diesem Tag ein ganzes Konsortium von Anwälten und Notaren auf der ganzen Welt Einladungen auf eine ähnliche Art und Weise überbracht hatte.

Die nächsten Stunden verbrachte ich dann damit, mich auf unserer speckigen Ledercouch im Arbeitszimmer rumzulümmeln und über Malik nachzudenken.

3 Erinnerungen

Seit der neunten Klasse hatte ich diesen Menschen nicht mehr gesehen. Wie sah er aus? Ich glaube, er war schon immer ein Stückchen größer als ich. Er hatte dunkle Haare, beinahe schwarz, aber eben nur beinahe. Dafür hatte er eine relativ große Nase. Seinen Riecher, Zinken, Rüssel und Ameisenbär-neidisch-Macher. Genau. Was einem von einem Menschen im Gedächtnis bleibt.

Wir haben uns ab und an über seine Nase lustig gemacht. Auf mich wirkte sie immer sympathisch. Aber auch, wenn wir gelacht haben, einen Witz von jemand anderem hätten wir nicht geduldet.

Seine Augen - oh Mann, ich konnte mich an die Augen nicht mehr erinnern. Sie schauten mich manchmal groß an. Mehr fiel mir nicht mehr ein. Irgendwie erschreckte es mich, dass mir so wenig zu diesem Menschen einfiel. Andere Schulkameraden waren mir viel präsenter: Die dürre Susi, die nach dem vierten Kind wirklich nicht mehr dürr war, der schöne Paul, Ronny, Andi und ein Haufen anderer Namen. Und bei allen konnte ich ein Gesicht sehen. Bei Malik nicht.

Maliks Eltern zogen mit seinen beiden großen Schwestern und seinem jüngerem Bruder nach Kalifornien, um in dem Hotel des Onkels zu arbeiten. Mensch, mir sind zu diesem Zeitpunkt nicht mal mehr die Namen seiner Geschwister oder seiner Eltern eingefallen. Diese Stellen meines Gehirns waren wie ein betäubter Nerv beim Zahnarzt. Irgendwie pelzig und verschwommen.

Mir fiel dann ein, dass wir uns zwar noch eine gewisse Zeit Briefe geschrieben haben, aber der Abstand war dann doch zu groß. Ich ging runter in den Keller und suchte nach meinen alten Briefboxen. So viele gab es davon eigentlich nicht. Ich war nie ein großer Briefeschreiber. Jegliche Kontakte ließen bei mir nach, sobald man nicht mehr in unmittelbarer Nähe, sprich etwa einer Stunde Entfernung war. Der Inhalt dieser Boxen war daher ein Sammelsurium von Glückwunsch-Karten von der Familie zu Geburtstagen und Weihnachten.
Als ich die Karten so sah, kam mir der Gedanke, dass ich schon einige Weihnachten und Geburtstage erlebt hatte.

Ich stöberte über eine Stunde lang in den Boxen, aber die Briefe von Malik fand ich nicht. In einem alten Ordner waren jedoch Teilnahme-Urkunden von Sommerlagern bei den Pfadfindern und einer Skifreizeit. Mich erwischte die Erinnerung an meinen ersten Kuss, den ich von einem süßen, blonden Mädchen mit Zöpfen und Sommersprossen bekommen hatte, eiskalt. Irgendwie hatte ich das Gefühl, dass Malik in diesem Erlebnis eine Rolle gespielt hatte.

Dann fiel mir auf, dass ich immer noch im Schlafanzug und Morgenmantel herumsprang. Es war ja immer noch Sonntag.

So genau weiß ich das heute nicht mehr, aber ich denke, Hannah hat noch an einem Fall gearbeitet, und ich war noch Fußball spielen mit den Jungs. Hannah hat mich daran erinnert.

4 Angelegenheiten

Die nächsten Tage verliefen zwar gewöhnlich, aber ich war nicht ganz bei der Sache. Ich musste immer wieder an Malik denken. Wir hatten uns zwanzig Jahre nicht gesehen, und er wollte mich bei seiner Hochzeit dabei haben. Was war bloß aus ihm geworden, dass er einen Anwalt, und dann noch den besten, beauftragte, um eine Einladung zu überbringen?

Die sonstigen Hochzeitseinladungen waren mit Federn oder Kinderfotos dekorierte DIN-A6-Karten oder irgendetwas quadratisch-praktisch Gutes mit pseudo-romantischen Sprüchen. Wenigstens hatte ich bei unserer Hochzeitseinladung darauf bestanden, sie nüchtern zu halten, ohne Spruch.

Ich saß in meinem Zwanzig-Quadratmeterbüro in der Innenstadt. Unsere Kanzlei ist offen und weit gehalten mit verspiegeltem Glas nach außen und hellen Farben. Welcher durchgeknallte Innenarchitekt dafür die Einrichtung ausgesucht hat, kann ich nicht sagen. Runde Plastikstühle, bunte Wandmuster und eine Beleuchtung, die viel mit Lampenschirmen zu tun hatte.

Ich begann im Internet über Malik zu recherchieren, aber es waren keine Einträge verzeichnet. Das war alles seltsam. Später erfuhr ich, dass er seinen Namen aus Geschäften immer raushalten wollte und öffentliche Auftritte mied. Eine gewisse Anonymität sei eines der höchsten Güter dieser Welt. Viele Menschen würden dies zu spät verstehen, hatte er gesagt.

Nach dieser nicht sehr ergiebigen Internet-Recherche beschloss ich, den Termin mit Herrn Dr. Söhnlein abzuwarten. Was hätte ich auch tun sollen?

Der Termin kam. Hannah sagte mir am Morgen Bescheid. Ich sagte nicht, dass ich den Termin vergessen hatte, sondern: „Ja, okay."

Wir verließen pünktlich um 15 Uhr die Kanzlei und wollten uns ein Taxi nehmen, weil ich unser altes Cabrio am Morgen zur Inspektion gebracht hatte. Am Straßenrand wartete jedoch eine dunkle Limousine auf uns. Davor stand ein Fahrer mit einem Schild, auf dem unser Name stand. So wie an Flughäfen. In dem Moment süß, aber im Nachhinein auch ziemlich unheimlich. Damals nahmen wir diese Annehmlichkeit lediglich zur Kenntnis. Große Gedanken machten wir uns darüber nicht. Wir waren beide viel zu neugierig auf eine Hochzeitseinladung, die man mit einem Anwalt besprechen musste.

Natürlich hatten wir uns über diese Konstellation unsere Gedanken gemacht. Vielleicht ging es um einen Haftungsausschluss, den man vorher abklären musste. Vielleicht würden wir alle mit Fallschirmen abspringen und vor der Kirche landen und mussten deshalb unterschreiben, dass wir das Risiko auf uns nähmen.

Vielleicht gab es aber auch Kugelfisch als Hauptspeise oder sonstige gefährliche Dinge.

Wobei ich mir bei Malik nichts davon hätte vorstellen können. Wenn es um Menschen ging, die ihm wichtig waren, war er sehr fürsorglich und besorgt gewesen. Sein jüngerer Bruder und auch seine zwei älteren Schwestern konnten ausführlich davon berichten. Dessen war ich mir sehr sicher.

Aber was war es dann? Wenn es nicht um Haftung ging, dann vielleicht um Nachsorge. Hatte Malik bereits Kinder oder war seine Braut schwanger? Hatte er eine Nachlassregelung getroffen, die es mit uns zu besprechen galt? Warum dann wir? Und so was macht man doch persönlich.

Hannah machte sich bestimmt ähnliche Gedanken, jedoch waren ihre Einfälle sicherlich nicht so eingeschränkt wie die meinen.

Am Ende hatten wir beide ganz viele Fragen und keine einzige Antwort. Dies änderte sich nun.

Die Kanzlei Söhnlein & Partner liegt in allerbester Innenstadt-Lage mit einer riesigen Tiefgarage für Kunden und Anwälte, in die wir hinein fuhren. Sogar die Limousine hatte Platz zum Rangieren. Wir hielten direkt vor den Aufzügen und fuhren damit ins oberste Stockwerk. Ein erstaunlicher Aufzug. In den Stockwerken der Tiefgarage war die Front noch milchig-matt und mit Erreichen des Erdgeschosses wurde sie zur klaren Glasfront.

Herr Dr. Söhnlein erwartete uns persönlich in seinem Vorzimmer. Die Plätze seines Sekretariats im Vorzimmer waren nicht belegt.

‚Sekretär' ist ein guter Ausdruck. Meist sind es promovierte Anwälte, die für eine gewisse Zeit in seiner unmittelbaren Nähe arbeiten sollen, damit er sich ein besseres Bild über sie machen kann. Es ist so was wie der letzte Schliff. Normalerweise wären diese Anwälte sich viel zu schade, etwas zu machen, das nur im entferntesten mit Sekretariat zu tun hat. Wofür hatte man sonst so lange studiert, und war man als Jurist nicht automatisch ein besserer Mensch? Hier sah die Sache jedoch anders aus. Man berichtete stolz, dass man im Vorzimmer von Herrn Söhnlein saß. Man war nämlich der Assistent vom Chef und erhielt wichtigste Informationen aus allererster Hand und wurde zur persönlichen Meinung und Einschätzung gebeten. Hier entschied sich oft die Zukunft begabter Anwälte. Und es wurden auch schon einige aus dieser Stellung entlassen. Ich hatte mich auch mal beworben. Von wegen begabter Anwalt. Sie wissen schon.

Außer Herrn Söhnlein war niemand hier. Er führte uns in sein geräumiges, aber relativ schlichtes Büro. Das nennt man Seriosität. Er bat uns, an einem runden Besprechungstisch Platz zu nehmen und schenkte uns Kaffee ein, so wie wir unseren Kaffee trinken. Schwarz für Hannah und Milch mit zwei Stücken Zucker für mich. Er schaute uns dieses Mal ein wenig verschmitzt, aber sehr freundlich aus seinen großen dunklen Augen an. Einen fragenden Gesichtsausdruck erkennt dieser Mensch auf hundert Schritte Entfernung. Und er spannte uns auch nicht lange auf die Folter.

Ohne Umschweife sagte er: „Sicherlich haben Sie sich bereits Ihre Gedanken gemacht, und auch, wenn ich sehr gespannt auf Ihre Überlegungen bin, muss ich mir leider das Vergnügen versagen, Sie ganz langsam auf die richtige Fährte zu bringen." Dies war in der Tat kein gewöhnliches Mandat. Zeit ist Geld und wird deshalb ausgekostet.

Der Anwalt wartete kurz unsere Reaktion ab. Es kam jedoch keine. Wir waren einfach zu gespannt. Er fuhr fort: „Die Hochzeit des Herrn Malik wird kein Hochzeitsfest sein, welches sich über einen Tag oder ein Wochenende erstreckt, sondern über einen Zeitraum von zehn Tagen. Der Termin der Hochzeit ist heute exakt in einem Jahr."

Zehn Tage und erst in einem Jahr. Was hatte mein alter Freund bloß vor? Wollte er die versäumte Zeit der vergangenen Jahre nachholen, noch vor der Hochzeit? Herr Söhnlein machte aber hier keine Pause, weshalb mir ein Teil des Satzes fehlte: „... Herzensangelegenheit des Herrn Malik. Eine große Feierlichkeit dieser Art bedarf einer besonderen Planung. Die Planung Sie betreffend wurde ich persönlich betraut, und nun möchte ich meine volle Unterstützung anbieten, den Termin möglich zu machen. Gibt es eventuell Angelegenheiten zu regeln?"

Persönlich denke ich, dass Herr Dr. Söhnlein enttäuscht war. Enttäuscht darüber, dass Hannah sagte, dass der Termin kein Problem sei. Wir hatten zu dieser Zeit bereits Urlaub in der Kanzlei eingereicht, aber noch keine Reise gebucht. In guten Kanzleien ist die Urlaubsplanung von den Fällen abhängig. Grundsätzlich gibt es also keinen Urlaub. Trotzdem haben wir immer probiert, uns zwei Wochen rauszuschlagen, wenigstens im Sommer.

Der kurze Anflug von Enttäuschung wich jedoch genauso schnell aus Herrn Söhnleins Gesicht wie er gekommen war. Das sagte mir, dass der Anwalt seine Herausforderung in Sachen Organisation noch bekommen würde. Der Anwalt tauschte sich noch mit Hannah über die exakten Termine aus und geleitete uns zum Aufzug. Wir wurden wieder von der Limousine zurück zur Kanzlei gefahren.

Bei anderen Gästen sah die Sache anders aus. Maliks Heer von Anwälten und Notaren machte die dollsten Dinge möglich. Urlaube wurden umgebucht, saisonale Abhängigkeiten wurden überwunden und sogar Bestechungsgelder bezahlt. Alles, um das Dasein seiner Gäste zu ermöglichen. Ihm war dieses Fest – wie war das? –, genau, eine Herzensangelegenheit.

5 Zweifel

Der Alltag nahm wieder volle Fahrt auf. Termine über Termine. Besprechungen mit den Rechtsabteilungen von Unternehmen. Absprachen. Deals. Treffen mit Anwaltskollegen. Witze, die nur Anwälte verstehen. Ein Umstand, der nachdenklich stimmen sollte. Der Affentanz vor Gericht: „Wie Sie sehen, Euer Ehren, ist mein Mandant vollumfänglich seinen Pflichten als Arbeitgeber nachgekommen." Obwohl er es nicht ist. Hingegen vieler Meinungen von Nichtjuristen ist die Rechtslage in den allermeisten Fällen ziemlich eindeutig. Der Knackpunkt ist, ob sich Umstände auch beweisen lassen und ob man Geld dafür hat, Umstände zu beweisen. Immer wieder musste ich Mandanten raten, sich auf einen Vergleich einzulassen, weil ein Gutachten zu erstellen und ein langwieriges Verfahren anzustrengen, deren Budget eindeutig übersteigen würde. Ein schönes Geschäft.

Zwei Monate später glaubte ich schon, dass die ganze Angelegenheit bloße Einbildung gewesen sei. Meinen Verdacht besprach ich natürlich mit Hannah. Ich sagte ihr, wir sollten einen Alternativ-Plan für die geplante Urlaubszeit haben. Aber Hannah war ziemlich resolut. Sie sagte: „Aber ich weiß ...", und „ganz bestimmt" sowie „Herr Söhnleins guter Ruf.". Natürlich hatte sie recht - von diesem Standpunkt gesehen -, und ich fügte mich.

Somit schieden Hannah und ihre Anwaltsehre als Diskussionspartner für meine wechselhaften Gefühle aus. So klar hatte ich das bestimmt nicht rübergebracht, aber trotzdem.

Ein paar Wochen später gab es ein Familienfest. Der Geburtstag meiner Mutter im kleinen Kreis. Außer meinen Eltern, Hannah und mir, war noch meine kleine Schwester Marie mit ihrem neuen Freund Sam angereist. Einem zotteligen, kraftvollen Amerikaner, der meist nur nickte und das Wort „Yeaah" sagte. Aber Marie hatte schon immer etwas übrig für ausgefallene Typen. Sie ist Umweltaktivistin für Greenpeace und kettet sich auf der ganzen Welt an große Maschinen und Bauzäune.

Marie und ich sind sehr behütet aufgewachsen. Das Haus meiner Eltern ist groß, hell und etwas außerhalb. Es hat einen großen Garten mit Teich, einer Hollywood-Schaukel und einem Sandkasten. Der einzige Nachtteil, wie meine Mutter zunächst fand, war der Umstand, dass es hier keine Kindergärten und Schulen gab. Somit mussten wir Kinder mit dem Bus in die Stadt fahren. Zu Kindergärten und Schulen, in denen ganz gewöhnliche, unterschiedliche Kinder waren. Meine Mutter hatte ernsthaft darüber nachgedacht, einen Privatlehrer für uns beide zu engagieren. Gott sei Dank hatte sie sich eines Besseren besonnen. Für Marie und mich war das nämlich eine sehr gute Sache. Wir lernten ganz viele unterschiedliche Kinder kennen und kamen auch sehr gut mit ihnen zurecht. Wären wir nur in diesem Haus geblieben, wären wir sozial verarmt. Wir saßen gerade im Wintergarten beim Kaffee, und Marie erzählte enthusiastisch von einer erfolgreichen Kampagne. Meine Mutter hing wie immer sehnsüchtig an den Lippen meiner Schwester, und wenn man genau hinsah, konnte man in ihren Augen das Meer glitzern sehen und eine ebenso kämpferische Entschlossenheit wie bei meiner Schwester. Mein Vater hatte seinen steinernen Zuhörerblick aufgesetzt, bei dem man nie weiß, was er denkt. Vielleicht denkt er auch nichts. Vielleicht ist das sein Geheimnis?

Ich setzte mich näher zu meinem Vater und fragte ihn nach Malik und ob er sich noch an ihn erinnern könne. Der ältere Herr, seines Zeichens Anwalt für Baurecht a.D., mit wenigen grauen, dafür aber kurzen Haaren, randloser Brille, buntem Sweatshirt und Khakihose – eindeutig Mutters Geschmack -, erinnerte sich sofort. Er erzählte mir, dass es ihn nicht wirklich wunderte, dass ich mich nicht so gut an Malik erinnerte. Wir seien vom Kindergarten an bis zum Ende der neunten Klasse unzertrennlich gewesen, und als er mit seiner Familie abgereist war, sei für mich etwas zerbrochen und ich hätte in einem tiefen Loch gesessen, aus dem ich lange nicht rausgekommen bin. Meine Mutter und er waren ziemlich hilflos. Sie hätten nicht viel tun können. Ich konnte mich an diese Zeit kaum noch erinnern. Mir persönlich sind die Dinge ja erst nach und nach wieder eingefallen. Es erschreckte mich, dass ich diese Zeit zwar zuordnen und auch gewisse Bilder sehen, aber sie nicht richtig greifen konnte.

Der Nachmittag bei meinen Eltern verlief sehr entspannt, und als ich meiner Schwester zum Abschied einen Kuss auf die Wange gab, hatte ich wie immer gemischte Gefühle. Ein Teil von mir beäugte ihre Lebensweise und die Risiken, die sie einging, skeptisch, und ein anderer Teil in mir applaudierte lautstark für den Mut meiner Kleinen.

Ziemlich genau nach einem halben Jahr erhielten wir dann Maliks Brief:

Liebe Hannah,
mein lieber Sebas,
damit hattet ihr nicht gerechnet, was? Ich kann euch gar nicht sagen, wie sehr ich mich freue, dass ihr beiden zu meiner Hochzeit kommt. Ihr macht mir damit schon jetzt das größte Geschenk überhaupt. Ich freue mich darauf, dich kennenzulernen, liebe Hannah. Und Sebas, ich kann es kaum erwarten, dich wiederzusehen. Leider hindern mich zahlreiche Verpflichtungen, sofort zu kommen. Meine Braut Britt und ich werden uns gedulden müssen.

An dieser Stelle nachträglich einen herzlichen Glückwunsch zur Hochzeit und einer Vielzahl anderer Ehrentage, an denen ich leider nicht zugegen war.

Und wie ihr bestimmt wisst, gehören zu einer Hochzeit auch ein paar praktische Überlegungen der Organisation. Bitte macht euch über Kleidung keine Gedanken. Es gibt für den gesamten Zeitraum keinen Dresscode. Allerdings wäre für die kirchliche Zeremonie ein Kleid und Anzug nicht unangemessen. ;-) (dieses Zeichen hat mir Britt beigebracht)

Bitte seid am Abreisetag bis 10 Uhr reisefertig. Ein Auto wird euch abholen.

In freudiger Erwartung und mit den herzlichsten Grüßen

    Britt und Malik

Die Anreise

1 Skepsis und Neugierde

Trotz Maliks Brief war ich immer noch skeptisch. Es war wieder dieses elektrisierende Gefühl, das ich auch an jenem Sonntag hatte, als uns Herr Dr. Söhnlein aufsuchte, aber irgendetwas anderes war auch dabei. Manchen Leuten hätte ich gesagt, dass es einfach Aufregung war, aber ich glaube es war Angst. Angst, nicht zu wissen, was kommt, und das Gefühl, dass ich an etwas Unbestimmbares, etwas Neues nicht mehr gewöhnt war.

Mir wurde bewusst, dass unsere Abenteuer in den letzten Jahren nur scheinbar welche waren. Ich meine, wir haben die verschiedensten Länder bereist, viel gesehen, aber auf etwas ganz Unbekanntes ließen wir uns nicht ein. Wir wussten immer, wo die Tourist Information war, unsere Lonely Planet Reiseführer und die „Tipps" der Leute waren auch dabei, und eigentlich haben wir uns immer mit irgendwelchen Bekannten oder auch Bekannten von Bekannten am Urlaubsort verabredet, sodass wir stets geborgen und sicher unterwegs waren. „Geborgen und sicher" - es war ja nicht so, dass ich mir um unsere Sicherheit Gedanken gemacht hätte, aber wir waren nie allein und auch nie darauf aus gewesen, von bestimmten Pfaden abzuweichen. Ich glaube, jeder unserer Urlaubstage war vorhergeplant, abgesehen von manchen Details, aber, ach Mist. Eigentlich möchte ich sagen, im Grunde wussten wir immer genau, auf was wir uns einlassen, und dieses Mal war das einfach nicht der Fall.

Ich hatte keine Ahnung, was passiert, und deshalb war ich auch nicht so gut darin, Hannah zu beruhigen, was meine sonstige Rolle war. Eigentlich war es dieses Mal komplett anders herum. Vielleicht war es aber auch nie anders herum gewesen?

Ich hatte Angst, und Hannah war einfach nur neugierig. Sie fragte ständig, wie Malik als Junge ausgesehen hatte, in wen er verliebt war und warum seine Hochzeit zehn Tage dauern würde? Ich hatte jedoch keine Antworten und noch immer dieses verschwommene Bild vor Augen.

In seinem Brief schrieb er, dass uns ein Auto diesen Donnerstag um zehn Uhr abholen würde. Wir waren schon um halb neun reisefertig. Ich bekämpfte meine Unruhe, indem ich so tat, als ob ich Zeitung las, wobei ich mich nach jedem Absatz hätte fragen können, was ich eigentlich gerade gelesen hatte. Hannah telefonierte ausgiebig mit ihren Eltern, sprach noch mal mit unserer Nachbarin von schräg gegenüber – ihres Zeichens Rentnerin und ehemalige Aufseherin der JVA, also dem Sheriff unserer Straße –, die sich in unserer Abwesenheit um unsere Pflanzen kümmern würde, und auch noch mit ein paar Freundinnen.

Um kurz vor zehn Uhr gingen wir hinunter.

Pünktlich mit den evangelischen Kirchturmglocken fährt vor unserem Haus ein klavierlackschwarzer Maybach vor. Die Sonne durchdringt die Wolken und erleuchtet den Hintergrund. Tauben fliegen auf. Ein schönes Bild.

Unser Nachbar vom Haus gegenüber, der in diesem Moment über seinen Balkon lehnte, ließ vor Schreck sogar seine Kaffeetasse aus dem zweiten Stockwerk fallen. Ha! Das habe ich diesem Herrn echt gegönnt. Der hat Hannah immer so angeschaut.

Die Tür ging auf, und ein Chauffeur im blauen Anzug und roter Krawatte stieg aus, nahm seine Mütze ab, verbeugte sich und sagte: „Einen wunderschönen guten Morgen, die Herrschaften. Mein Name ist Benedikt, und ich habe das Vergnügen, Sie auf der heutigen Etappe ein Stück zu fahren." Cooler Auftritt, Chef.

Auf unsere fragenden Blicke öffnete er die hintere Tür und ließ mit einer minimal unterwürfigen Handbewegung erkennen, dass er das Gepäck in seine Obhut nehmen würde. Wir stiegen ein, und während wir noch damit beschäftigt waren, neugierig den Innenraum zu bestaunen, hörten wir noch das automatische Schließen des Kofferraums und das Einsteigen Benedikts, mit dem darauffolgenden Schließen der Vordertür. Der Maybach setzte sich ganz behutsam in Bewegung. Ich habe noch nie davor ein so kraftvolles und zugleich sanftes Anfahren erlebt, wie in diesem Gefährt.

Es war ein Maybach 57S. Der Lack, meine Herren. Der Lack glänzte wie ein Damastschwert. Auf mineralischer Basis mit feinsten Bronzepartikeln unterstreicht er die Linienführung. Mmmhh.

Das erste, was mir einfiel, war zu sagen: „Das ist also für Malik ein Auto." Hannah grinste nur vielsagend. Benedikt fragte uns, ob er uns die Details der Ausstattung erklären solle oder ob wir nicht lieber Lust hätten, selbst herauszufinden, welche Funktionen die einzelnen Knöpfe hatten. Eindeutig Letzteres, und ich glaube mich zu erinnern, dass ich ein paar Mal ein spitzbübisches Lächeln im Rückspiegel über Benedikts Gesicht habe huschen sehen, während wir total fasziniert alle Vorzüge dieses wunderbaren Gefährts ausprobierten.

Die Sitze fühlten sich an wie die zärtliche Umarmung eines geschmeidigen Körpers. Man konnte sich von ihnen massieren lassen, wärmen oder kühlen, oder in eine Ruheposition bringen lassen. Und sie merken sich die Lieblingsposition. Wenn man in der Ruheposition ist, öffnet man das Panoramadach und kann den Himmel sehen, oder man verdunkelt die Scheiben, zieht die Vorhänge per Knopfdruck zu. Das weiche Leder hat diesen unverkennbaren Eigengeruch, der jeden Mann animalisch stärkt. Eine Flakon-Beduftungsanlage verströmt leichte Vanille-Aromen. In die Zierleisten sind Intarsien eingearbeitet und die Klapptische glänzen wie ein

Steinway-Flügel. Im Kühlfach befand sich ein leichter Champagner, den wir in die Silberware fließen ließen. Ein Surroundsystem, Bildschirme, WLAN-Router und Telefon machten dieses Gefährt zu einem mobilen Wohnzimmer oder Büro. Aber das Tollste, fand ich, waren die Anzeigeinstrumente im Fond. Man konnte darauf die Geschwindigkeit ablesen, und ein kleiner Board-Computer zeigte die GPS-Position.

Pünktlich um zwölf Uhr hielten wir das erste Mal an, obwohl uns Benedikt regelmäßig nach unserem Befinden beziehungsweise danach fragte, ob wir mal auf die Toilette mussten. Vielleicht hatte er ja auch eine Eieruhr. Das war das Einzige, mit dem nicht mal der Maybach aufwarten konnte. Wir tranken zwar gemeinsam die ganze Flasche leichten Champagner, aber aussteigen wollten wir nicht.

2 Parkplatz

Als uns Benedikt die Tür öffnete, befanden wir uns auf einem riesigen Platz. Sehr wahrscheinlich der Parkplatz einer Autobahn-Raststätte. Jedenfalls habe ich mir das im Nachhinein so konstruiert. Dieser Platz hatte jedoch nichts mit einer Autobahn-Raststätte im herkömmlichen Sinne gemein. Die Sonne stach uns in die Augen, und am Himmel war keine Wolke zu sehen. Ich konnte nur dunkelgrüne Pavillons erkennen, die seltsam angeordnet waren. In der Mitte stand ein erhöhter weißer Pavillon mit einem Nebenzelt. Weiter weg konnte man noch ein paar umgebende Bäume sehen.

Noch während ich über die seltsame Anordnung nachdachte, erkannte ich Herrn Dr. Söhnlein, der mit einem geschmackvollen, hellen Einreiher, einer Mappe in der Hand und dem breitesten Lächeln im Gesicht dastand, um uns zu begrüßen. Er ging erst auf Hannah zu, nahm ihre Hand in beide Hände, verbeugte sich, hauchte einen angedeuteten Kuss und sagte: „Willkommen, willkommen auf Ihrer zweiten Etappe. Ich muss sagen, trotz so vieler Mandate und auch sonst erlebnisreichen Erfahrungen habe ich nie einen Auftrag erhalten, der mir so viel Freude bereitet hat. Wie verlief Ihre Fahrt bis hierhin?" Wir konnten eigentlich nur nicken, als er schon mit sichtlichem Elan weitersprach: „Sicherlich haben Sie Hunger und wollen sich ein wenig frisch machen. Außerdem sind Sie vermutlich neugierig, was als Nächstes ansteht, aber ich greife den Dingen schon wieder vor. Es ist so selten, dass ich mich fast nicht beherrschen kann, aber es ist auch etwas Besonderes. Etwas ganz Besonderes. Ja. Ja." Den letzten Satz sagte er eher zu sich selbst.

Hannah fasste sich als Erste und sagte, dass sie doch gerne kurz auf die Toilette gehen würde, und ich schloss mich ihr einfach an. Herr Dr. Söhnlein führte uns zu dem weißen Nebenzelt in der Mitte. Erst jetzt erkannte ich die Größe dieses Nebenzelts. Es war mindestens fünf Meter hoch und um einen zentralen Luxuswohnwagen aufgebaut. In diesem befand sich ein Badezimmer aus weißem Marmor mit Whirlpool, bodentiefer Dusche, Toilette und Bidet sowie einem zweiteiligen Waschbecken mit goldenen Mischern. Über dem Whirlpool war ein rundes Fenster angebracht, sodass Tageslicht hereinfiel. Ein Bad wie man es sich nur wünschen kann. Und das mobil.
Wir machten uns kurz frisch und achteten ehrfürchtig-genau darauf, das Badezimmer genauso sauber und angenehm zu verlassen, wie wir es vorgefunden hatten. Im Nachhinein ein wenig komisch. Ich glaube, wir hätten uns auch wie Rockstars aufführen und den ganzen Laden zusammenschlagen können, und trotzdem wäre man mit uns zufrieden gewesen.
Ein junges Mädchen mit wachen, hellen Augen und strahlendem Lächeln wartete auf uns. Sie trug ein schwarzes, kurzes Kleid mit einer weißen spitzenbesetzten Schürze und einem weißen Häubchen,

ganz so, wie man das aus den englischen Filmen von Zimmermädchen kennt.

Sie führte uns in den großen Pavillon, wo schon Dr. Söhnlein mit seinem Adjutanten Herrn Graf und einer blonden Dame sowie einem braunhaarigen Mann mit markantem Kinn auf uns wartete.

Ich dachte mir sofort, den kennst du doch von irgendwo her, aber eigentlich konnte es gar nicht sein, aber es konnten schon eine Menge Dinge eigentlich nicht sein. Meine Ungläubigkeit hatte man mir sofort angesehen, so wie mich die Personen alle anlächelten. Ich schaute Hannah an, und sie lächelte auch, und dann sagte Herr Dr. Söhnlein: „... habe die außerordentliche Freude, Ihnen Frau Corinna Schumacher und Herrn Michael Schumacher vorzustellen." Der Anwalt machte eine gekonnte Pause und wartete darauf, dass die Information, die er mir soeben gegeben hatte, den Sprung zwischen Ohrmuschel und Großhirn schaffte. Die beständigen innerlichen Versicherungen, sich nicht verhört zu haben, begannen zu wirken. Mit einer einladenden Geste trat er von den beiden Schuhmachers zurück, damit sie uns die Hände reichen konnten. Der Händedruck von Michael war kräftig, der von Corinna ganz zart. Die beiden boten uns schon bei der Begrüßung das Du an und versicherten uns, dass Sie sich auf die gemeinsame Reise genauso freuten wie wir. Wir erwiderten, dass wir uns auch freuen und es gar nicht glauben könnten, ihnen zu begegnen, und dann auch noch in dieser Atmosphäre.

Zugegeben, so locker habe ich das nicht rübergebracht, aber Hannah war ja da, und ihre Ehrfurcht vor Männern, die schnell im Kreis fahren, war eher bescheiden. Ich war schon immer ein Riesenfan von Michael Schumacher und von Autorennen allgemein gewesen, und er war eben der Größte für mich. Am meisten gefiel mir die Konstanz seiner Leistungen. Er war souverän, diszipliniert und ein fairer Sportsmann, was ich gelesen hatte, und auch wie er auf mich persönlich in den Interviews gewirkt hat. So wie er dann vor mir stand und wie sich später immer wieder bestätigt hat, ist er nicht nur in der Öffentlichkeit, sondern auch privat ein ganz angenehmer und offener Mensch. Irgendwie hab ich mich deswegen gut gefühlt, weil ich dachte, dass einen die Medien nicht in allen Dingen täuschen können und auch Menschen sich nicht gänzlich verstellen können.

Es war ein so festliches, erlesenes und üppiges Buffet angerichtet, dass sich sogar die stabile Tafel leicht davor verneigen musste. Eigentlich war es grausam - es standen die tollsten Speisen bereit, und ich war so aufgeregt, dass ich das Gefühl hatte, nichts davon essen zu können. Nachdem ich dann doch, durch Hannahs Hilfe, ein paar Bissen zu mir genommen hatte und Michael meine Neugierde über das Gefühl des Unfalls in Monte Carlo sowie zahlreicher, beeindruckender Manöver im Rennsport befriedigt hatte, wollte Herr Dr. Söhnlein anfangen etwas zu sagen, indem er sich mehrmals vernehmlich räusperte und sich dann direkt mir zuwandte: „Ihr Freund Herr Malik hat sich etwas ganz Besonderes, und wie ich mir erlaube hinzuzufügen, Einmaliges, ausgedacht für Ihre Anreise zu seiner Hochzeit."

Wieder diese gekonnte Pause und dieses Mal kam es mir so vor, dass trotz der ganzen Herzlichkeit die aus ihm sprach, er die folgenden Sätze wie für ein wichtiges Plädoyer vorher geübt hat. Ich war ganz Ohr.

„Sie werden Ihre Anreise weitestgehend selbst bestreiten", fuhr er fort, „aber ich denke, dass Sie dies unsagbar freuen wird und wahrscheinlich auch keine große Mühe kosten wird." Herr Söhnlein stand auf, und in diesem Augenblick wurde die weiße Vorderfront des ballonförmigen Pavillons geöffnet, und wir erhielten freie Sicht auf den Parkplatz und vor allem auf die Flächen, die unter den grünen Pavillons zuvor verborgen waren. Die Planen waren nun entfernt und unter jedem Platz stand ein Auto. Aber nicht irgendwelche Autos. Nein!

Auf den ersten Blick konnte ich den schwarzen Mustang Shelby GT 68 erkennen, mit dem Spezial-Grill und den Scheibenbremsen vorne (Eleanor aus dem Film „Nur noch 60 Sekunden" mit Nicolas Cage), den Ford Gran Torino `72 mit dem schmalen Kühlergrill in der Sportausführung und Hard Top, den Pontiac Firebird `79 mit dem T-Bar-Dach und sogar einem Adler auf der

Kühlerhaube. Ich fragte mich, ob Burt Reynolds ein
Auto vermisste.

Ich stand auf und ging auf die Autos zu. Wie ich die
schmalen Stufen heruntergekommen bin, weiß ich nicht
mehr. Ich bin wohl geflogen.

In diesem Moment habe ich Hannah vergessen, die
Schumachers, die Anwälte und die Techniker, die in
ihren schwarz-weiß karierten Overalls jeweils neben
den Autos standen - Schachbretter in Uniform.

Da standen nicht nur der Mustang und der Ford. Da
standen der Cadillac Convertible „Coupe de ville" `62,
der Buick Sportwagon Wildcat `66, der Fairlane Torino
GT `68 mit dem gestreckten Fastback und der Oldsmobile
Toronado `68. (Dem aufmerksamen Leser werden die
Jahreszahlen nicht entgangen sein. Was soll ich sagen,
wir hatten damals nicht immer die aktuellen Auto-
Illustrierten, aber wir hatten Geschmack. Eindeutig.)

Mein persönlicher Autohimmel stand dort. All die
Autos, von denen ich mein Leben lang geträumt habe.
Und ein jedes in einem Zustand, bei dessen Anblick der
Hersteller sofort in Freudentränen ausgebrochen wäre.

Der Mustang II Stallion `76, der Oldsmobile Starfire
`80, der Dodge Challenger R/T `70 in Bright Red mit
dem R/T Emblem auf dem Grill und der Ford Maverick `70
als Grabber Model.

Ich lief von einem Auto zum nächsten und blieb einen Meter davor stehen. Ich wollte eigentlich immer stehen bleiben und mich einfach nur sattsehen an diesen wundervollen Machwerken, aber immer wieder erspähte ich in den Augenwinkeln etwas, das mich wieder faszinierte und mich dazu brachte, mich doch loszureißen und dem nächsten Gefährt zu widmen, immer in einem andächtigen Meter Abstand.

Das Chevrolet Camaro Sport Coupé `72 im „Wet Look" mit dem Dach aus Vinyl, der Ford Galaxie 500 `66, der Plymouth Dash GTX `71 in Burnished Red Metallic – auch genannt Road Runner – und die Corvette `78 mit der Fastback Heckscheibe.

Wie so viele Dinge erfuhr ich erst später, dass sogar für die Anordnung der Pavillons und den somit verbundenen Blickwinkeln, Malik genaue Anweisung gegeben hatte. Er hatte eine genaue Vorstellung im Kopf, wie ich mich verhalten würde, und ich kann nur sagen, dass er recht hatte und die Anwälte genauso verblüfft waren wie meine Frau Hannah über mein vorhergesagtes Verhalten.
Das waren alles Punkte, über deren Aussage ich mir erst später bewusst geworden bin.

Als ich alle 15 Pavillons gesichtet hatte, konnte ich mich nicht entscheiden, welches dieser Prachtstücke ich wieder in vollem Umfang betrachten sollte. Ich rannte zu einem und gleich wieder zu dem nächsten. Ich hatte plötzlich solche Angst, dass mir dieser Anblick nur einmal in meinem Leben vergönnt sein würde, dass ich fürchtete, auch nur einen Augenblick mit ihnen zu verpassen. Hannah spürte meine Panik, und auch, wenn sie diese Sorgen nicht teilen konnte, wollte sie mir helfen. Sie nahm meine Hand, als ich wieder kurz vor einem Auto stand, und küsste mich auf die Wange. Ich wollte sagen: „Schatz, sieh dir das an. Ist das nicht ein Traum, ich ..." Was für Wortfetzen ich jedoch tatsächlich zustande gebracht habe, kann ich nicht sagen. Sie sagte: „Schatz, du plapperst." Da fiel mir dann ein, dass Sie das damals zu mir sagte, immer, wenn ich nicht ganz glauben konnte, dass diese wunderschöne Frau Gefallen an mir gefunden hatte.

Sie führte mich zurück in die Mitte, wo die Anwälte und Corinna und Michael standen. In Michaels Gesicht war ein ebenso breites Grinsen wie auf meinem. Herr Dr. Söhnlein trug ein ganz feines Lächeln. Es war kein Belächeln, sondern die Anteilnahme an der Freude eines anderen und das Wissen darum, zu dieser Freude beigetragen zu haben. Vielleicht war auch ein Hauch Wehmut dabei. Selbst die schönsten Momente sind schnell vorbei und können trotz Reden, Fotos oder Videos nicht wiederbelebt werden. So ein Mann ist sich darüber im Klaren. Es gab keine große Foto- oder Video-Session, sondern eine einzige Aufnahme und die ist heute eine meiner liebsten Erinnerungsstücke. Trotz aller Aufregung damals, nahm ich das sehr deutlich wahr.

Der Anwalt erklärte uns, dass Malik sich wünschte, uns eine Freude auf der Anreise zu machen und ein paar Erinnerungen wiederzubeleben. Uns stünden alle diese Autos zur Anreise zur Verfügung. (Ich schreibe „uns", aber vielleicht hat man es gemerkt: Es ging um mich und meine Erinnerungen. Aber weil meine Frau sich für mich freut, hat sie auch ihre Freude. Kuss.) Das Reiseteam, bestehend aus Catering und Fahrern, werde die Wagen an ausgewählten Rastplätzen zur Verfügung stellen und es gäbe sicherlich genügend Rastplätze, damit wir alle Autos fahren könnten. Die Strecken seien in Kreisen angelegt, um die Rastplätze zu verlegen und die Autos ausgiebig zu fahren. Wir sollten in spätestens drei Tagen ankommen, aber hier gehe es nicht darum, ein Rennen zu gewinnen (gell, Micha), sondern die Anreise in vollem Umfang zu genießen.

Herr Söhnlein hatte sogar Sondergenehmigungen für ein paar der Autos anfordern müssen, weil diese nach der deutschen Straßenverkehrsordnung gar nicht zugelassen waren. Vielleicht musste es deshalb der beste Anwalt sein.

3 Fahren

Hannah sagte, dass der Moment, als ich begriffen hatte, dass ich die ganzen Autos fahren sollte, schon lustig war. Ich hätte selbst wie ein Auto geschaut und nie wäre dieser Ausdruck treffender gewesen. Danke, Schatz.

Jetzt mal ehrlich. Frauen haben auch ihre Bereiche, die wir Männer schwer nachvollziehen können. Ich wage hier einen kleinen, zarten Versuch, dieses Erlebnis mit einem für Frauen eher nachvollziehbaren Erlebnis zu vergleichen. Frau versetze sich in den Zustand ihres 16-jährigen Ichs. Sie wälzt Kataloge beziehungsweise Recherchematerial für eine Sache, die sie wirklich fasziniert oder total hingerissen hat. Zum Beispiel Pferde oder Schuhe. Wie viele Schuhe braucht man allein für einen Ford Fiesta? Schon jetzt muss ich erkennen, dass dieser Versuch nicht wirklich funktionieren wird, weil Pferde ja etwas Lebendiges sind und Schuhe nicht so teuer wie Autos, aber es geht ja auch nicht um die Sache oder das Tier, sondern um die Emotionen, die damit verbunden sind, und das können Frauen auf jeden Fall verstehen.

Jetzt weiß ich's. Brautkleider. Gutes Beispiel. Ihr dürft mit Mitte 30 alle Brautkleider probieren, die euch als 16-Jährige gefallen haben. Versteht ihr, oder? (Ich höre immer noch Hannahs Lachen, wenn sie diesen Absatz liest. Sie hat gesagt, ich soll ihn bitte nicht streichen.)

Für mich war es jedenfalls das Unglaublichste überhaupt. Was war aus Malik geworden, dass er mir für den Weg zu seiner Hochzeit diese wunderbare Flotte von Autos zur Verfügung stellen konnte? Wenn das der Weg dorthin war, wie sah dann die Hochzeit aus?

Du hast immer die Geheimnisse geliebt. Ein Charakterzug, der manche Menschen verstörte. Für mich war es immer deine Magie.

Einatmen. Ausatmen. Langsam beruhigen. Mich in diesem Moment in ein Auto zu setzen, wäre sicherlich grob fahrlässig gewesen. Es dauerte noch einmal eine Stunde, bis ich soweit war. Herr Dr. Söhnlein sagte, dass Herr Schumacher quasi der Leiter des Fahrerteams sei und er angeboten habe, uns zu fahren, sollten wir mal auf der Rückbank entspannen wollen.

Okay. Ich gebe es zu. Ich brauchte auch so lange, um mich zu entscheiden. Ich entschied mich für den Mustang.

Es gab eine richtige Einflugschneise, aus der ich ausbrechen durfte. Meine liebste Sonnenbrille und ich stiegen in den Mustang ein. Die Techniker überprüften den Motor, und nachdem ich den Zündschlüssel umgedreht hatte, ging die Fahrt los. Es war ein traumhaftes Gefühl. Ich war selig, wenn man das sagen darf. Das Einzige, was mir noch einfällt, ist, wie sehr ich mich darüber amüsiert habe, dass Malik sogar die

Straßenschilder bis zum Ziel und bis zum nächsten Rastplatz - beziehungsweise Roadhouse -, um Miles-Schilder hat ergänzen lassen. Du hast es ganz schön übertrieben, mein alter Freund.

4 Cadillac

Ich war wie in Trance. Vom Fahren jedes einzelnen Autos könnte ich berichten, aber eigentlich ist - wie so häufig im Leben -, das Gefühl das einzig Entscheidende, und das war so wunderschön.

Der dunkle Asphalt und die strahlende Nachmittagssonne verengen meinen Horizont, sodass ich keine anderen Straßenteilnehmer wahrnehme. Hin und wieder ein Miles-Schild, aber ich bin in einer Welt aus alten Hollywoodfilmen angekommen. Dort gibt es freie, starke Helden, die ich immer bewundert habe. Aus dem damals treuen Ross der „lonesome Cowboys" sind diese wunderbaren Gefährten geworden, und egal wie manch einer darüber denken mag, ich bin mir ziemlich sicher, dass auch Autos Charakter haben, und diese besonders.

Dennoch kam in mir wieder die Angst auf, dass die Dinge zu Ende gehen. Ich wusste, diese Fahrt würde irgendwann ihr Ende nehmen, und das wollte ich nicht. Beinahe wäre es dazu gekommen, dass ich versucht hätte, die Tage und Nächte ohne Pause durchzufahren. Hannah konnte mich jedoch davor bewahren.

Als ich gerade zum nächsten vereinbarten Treffpunkt kam und das nächste Auto ausprobieren wollte, lief mir Hannah schon entgegen. Sie zog mich an sich, nahm meine Hände in die ihren und sagte: „Schatz, ich kann mir zwar vorstellen, was für eine Bedeutung diese

Autos für dich haben, aber dennoch werde ich nicht zulassen, dass du dich ohne Unterbrechung und Schlaf mit einem von diesen Dingern umbringst." Sie hat Dinger gesagt. Wirklich.

Sie gab mir einen langen Kuss, der mich dann aber wieder auf den Boden zurückbrachte und meine innerliche Empörung verstummen ließ. Mit einem Lächeln fügte sie anschließend süffisant hinzu: „Außerdem hat Herr Söhnlein nichts über die Versicherung gesagt." Meine süße Anwältin.

Hannah sagte, ich solle mich erstmal ein wenig frisch machen und dann wieder herauskommen. Sie hätte sich schon etwas überlegt. Ich ging wieder in das luxuriöse Badezimmer des Wohnwagens und nahm erstmal eine heiße Dusche. Erst jetzt bemerkte ich, wie müde ich war. Trotz oder gerade wegen der vielen Ereignisse? Strengte mich das Fahren so sehr an oder quälte mich die Frage nach dem Warum? Warum machte sich Malik diesen Aufwand? Klar ist es schön, wenn ein Traum erfüllt wird. Aber was bedeutet es für die persönliche Beziehung zu dem Menschen, der diesen Traum erfüllt?

Als ich wieder nach draußen kam, wartete Hannah mit einem Proviantkorb und den schmunzelnden Schumachers auf mich. Nur die Mitte des Platzes war beleuchtet und dort stand schon zur Abfahrt bereit der Cadillac Convertible `62 „Coupe de Ville", übrigens der erste Cadillac mit einem Hardtop, welches aber abgenommen werden kann.

Er hatte die klassische türkisfarbene Lackierung, deren Namen ich mir nie merken konnte, und das Dach war abmontiert. Der Abend war lau und angenehm, und so stand einer „offenen" Cabrio-Ausfahrt nichts im Weg.

Hannah und ich nahmen mit dem Proviantkorb die Plätze auf der Rückbank ein, und die Schumachers auf den Vordersitzen. Danach setzte sich diese wunderbare Couch auf Rädern in Bewegung.

Nach einem großen Sandwich und einem kleinen Glas Champagner ließ ich mich tief in den Sitz sinken, und mein Kopf lag auf der oberen Kante der weichen Rückbank. Kopfstützen gibt es da nicht.

Die Sterne am Nachthimmel waren strahlend. Sie zogen über mir vorbei, und gerade in dem Moment, als ich darüber nachdachte, dass ich die Sterne schon lange nicht mehr bewusst angeschaut hatte, löste sich in mir ein innerlicher Krampf. Mir kamen auf einmal Bilder von Malik ins Gedächtnis. Ich konnte ihn wieder vor mir sehen. Den langen, schlaksigen Jungen mit der großen Nase und den dunklen, wuscheligen Haaren. Er hatte blaue Augen, die hell und dunkel scheinen konnten, und sein Teint war immer eine Nuance dunkler als die der übrigen Mitschüler, und wenn er lachte, musste ich einfach mitlachen.

Sein Bild vor Augen war wie ein Schlüssel zu einer Tür im Gebäude meiner Erinnerungen. Der Schlüssel zu einer

Schatzkammer von Erfahrungen, in die ich schon lange nicht mehr geblickt hatte.

Malik hatte nie selbst entschieden nach Amerika zu gehen, sondern seine Eltern hatten es beschlossen. So sehr sich sein Vater auch bemühte, aber nach seinem Unfall fand er nie wieder richtige Arbeit. Er war ein geschickter Maschinenschlosser gewesen und hatte bei einem Unfall seine rechte Hand so sehr gequetscht, dass er sie nicht mehr richtig gebrauchen konnte. „Unterstützung ist nur von der Familie zu erwarten", erklärte er. Und Malik ergänzte: „Der Alte würde Hilfe auch nur von der Familie annehmen." Trotz seines Unfalls war der Vater ein stolzer Mann.

Nach der Entscheidung der Eltern würden noch sechs Monate Zeit vergehen. Sie wollten warten bis das Schuljahr abgeschlossen sei und benötigten die Zeit für alle Vorbereitungen der kompletten Umsiedlung. Der alte Mercedes der Familie wurde sogar verschifft.

Malik und mir brach es das Herz. Wir kannten uns schon seit dem Kindergarten, und ich kann nicht genau sagen, was es war, aber irgendwas an ihm hat mich schon damals angezogen. Während die anderen Kinder ihn wegen seiner leicht dunkleren Hautfarbe mieden, fand ich diesen Umstand faszinierend und es machte mich neugierig. Meine Eltern sagten nie einen Ton zu diesem Thema. Sie merkten schnell, wie glücklich wir beide über unsere Freundschaft waren. Maliks Eltern waren am

Anfang viel eher skeptisch, verloren dann aber auch
schnell ihre Scheu. Sie verstanden sich sogar gut mit
meinen Eltern. An den Sommerfesten und Schulfesten
saßen sie oft beieinander.

Der Tag, als mir Malik sagte, dass er mit seiner
Familie nach Amerika gehen würde, war der schlimmste
Tag meiner Jugend / Pubertät / was auch immer.
In diesem Moment, sehe ich ihn vor mir, wie er in der
alten 3-Zimmer-Wohnung mit dem Klo auf dem Flur - das
Gebäude war damals schon ein Altbau -, an dem kleinen
Küchentisch mit der Resopalplatte sitzt und auf seine
Eltern einredet. Malik war immer stark im Diskutieren
und trotzdem - wahrscheinlich war es die Sturheit
seines Vaters -, konnte er nichts tun.

Als es dann soweit war, wollte er sich mit mir, trotz
Regen, an unserem See treffen. Heute fällt mir sogar
ein, dass ich dem Wetter danach dankbar war, weil es
an diesem Tag seinen Hang zur Ironie unterdrücken
konnte.

Wir stehen am Ufer. Grünes Gras. Matsch. Dreckige
Schuhe und Hosensäume. Es regnet. Es ist kein
Sommergewitter und kein Nieselregen, sondern einfach
Regen. Der Geruch von reiner, frischer Luft. Es ist
dieser Ausdruck in seinem Gesicht. Ich hatte mir ja
schon was gedacht. Trotzdem, dieser Ausdruck in seinem
Gesicht sagt mir, dass es einerseits nicht so schlimm

ist wie ich gedacht hatte, aber andererseits wesentlich schlimmer als ich je vermutet hätte.

Vielleicht klingt es nicht normal, aber der Satz: „Ich werde mit meiner Familie weggehen" war ein Schlag, dessen innerlichen Nachhall ich noch bis heute spüren kann.

Seltsam, dass sich die Zeit danach nicht so anfühlte als hinge ständig das Damoklesschwert über unserer gemeinsamen Zukunft. Wir machten weiter wie bisher. Eigentlich hatten wir nur eine Erweiterung unseres Themas Mobilität. Zu den ganzen deutschen Autos kamen jetzt noch die Amerikaner hinzu. Musclecars und besondere Autos. Ziemlich genau so wie diese, mit denen wir gerade unterwegs zu der Hochzeit waren. Eigentlich sehr genau wie diese.

Am nächsten Tag stand ich früh auf. Im Morgenlicht betrachtet wurde mir dann auch das Ausmaß des logistischen Aufwands von Maliks Planungen bewusst.

Die Frage danach, warum er mir diesen Traum erfüllte, verwandelte sich in die Frage, was er jetzt wohl tat? Und wie zum Henker konnte er sich so gut an unsere gemeinsamen Träume erinnern?

An dem zweiten Tag der Anreise beschloss ich beim Frühstück, dass ich kein Auto mehr ohne Hannah fahren würde. Warum ich den ersten Tag allein gefahren bin, weiß ich gar nicht so genau. Ich weiß nicht mal, ob ich Hannah gefragt hatte, ob sie mitfahren möchte. Heute denke ich, dass sie wahnsinnig neugierig darauf war, was das alles zu bedeuten hatte. Ja neugierig, Süße. Entweder wollte sie Herrn Dr. Söhnlein auf den Zahn fühlen oder sie war sich sicher, dass die Antworten auf Ihre Fragen in mir verborgen lagen. Und sie hat nun mal Erfahrung damit, mich brüten zu lassen.

Ich hatte in der Nacht davor nichts gesagt. Auch, weil wir beide auf der Rückbank des Cadillacs eingeschlafen waren. Aber viel länger als ein paar Stunden oder maximal einen Tag kann ich ohnehin kein Geheimnis vor Hannah bewahren, und sie weiß das.

Als ich Hannah von Malik und mir berichtet hatte, so weit mir bis zu diesem Zeitpunkt die Erinnerungen einfielen, fragte sie nur, ob Malik sie mögen würde. Wie könnte man einen Menschen einschätzen, den man so lange nicht gesehen hat? Ich war mir sehr sicher, dass Malik Hannah mögen würde.

Hannah ließ sich auch Zeit über das Gehörte nachzudenken, und kam erst nach einer ausgiebigen Mittagspause und ein paar netten Gesprächen wieder auf das Thema zurück. Sie fragte, was Malik und ich sonst noch außer den Autos und bestimmt Mädchen – war ja klar –, so für Hobbys gehabt hätten und ob wir heimlich Auto gefahren wären? Naja, ich will ja hier niemandem die Illusionen rauben, aber Autos und Mädchen können bei 15- bis 16-Jährigen Jungs schon ziemlich viel Zeit in Anspruch nehmen.

Irgendwann fiel mir aber dann doch noch etwas ein. Nämlich, dass wir beide einen Sommer lang Zeitungen austrugen und unser gesamtes Geld von Geburtstagen und von Weihnachten gespart hatten, um uns Roller zu kaufen. Gott, wir haben ewig an den Mühlen rumgebastelt. Mein Vater erzählte mir später, dass ich meinen eigenen Roller, nach dem Malik gegangen war, komplett ignoriert hatte.

Hannah sagte darauf, dass sie sich schon so etwas gedacht hatte. Als sie gestern auf dem neuen Standort herumgelaufen sei, während ich noch im Bad war, habe sie neben dem Hauptzelt noch ein ganz kleines Zelt gesehen, in dem ein alter Roller stand.

An diesem Abend, als wir den nächsten Treffpunkt erreichten, ging ich auf direktem Weg zu dem kleinen Zelt. Es war natürlich Maliks alter Roller. Sie hatten ihn damals zerlegt und im Kofferraum des alten Mercedes nach Amerika verschifft, und jetzt war er wieder hier.

Den Rest der Anreise fuhr ich also nicht in einem amerikanischen Straßenkreuzer (zu diesem Zeitpunkt bin ich ja bereits mit allen gefahren), sondern auf einem alten Roller, und zwar genau so wie Malik und ich uns das immer erträumt hatten. Zusammen mit unserer jeweiligen Traumfrau, die sich von hinten an uns schmiegt.

Das Dorf

1 Bon Ami

Eigentlich war es Söhnleins Assistent Herr Graf, der ein wenig aus dem Nähkästchen plauderte. Dass wir in der Zwischenzeit in Frankreich angekommen waren, hatten wir uns schon gedacht. Zwar hatte Malik alle Straßenschilder um eigene Schilder, mit der Entfernung bis zum Ziel in Miles, ergänzen lassen, aber auch er konnte die normalen Schilder nicht komplett entfernen. Zum Glück. Wir waren also in Südfrankreich, und unsere letzte Etappe würde uns ans Ziel führen. Es stand ein erster Abschied bevor. Von Herrn Söhnlein und Herrn Graf sowie vom Fahrerteam und den Schumachers. Diese hatten ihr eigenes Domizil in Südfrankreich, und die Anreise lag so ziemlich auf dem Weg. Deshalb hatten sie sich bereiterklärt, bei dieser Freude mitzumachen. Das Honorar würde gespendet werden. „Vielleicht abzüglich des Mustangs" hatte mir Michael noch zugeflüstert.

Von Herrn Graf erfuhren wir, dass Malik ein gesamtes Dorf organisiert hatte. Später wussten wir, dass Malik nicht nur das Dorf gemietet, alle Einwohner auf Luxusurlaub geschickt, sondern es auch noch von oben bis unten renoviert an die Einwohner zurückgegeben hatte, wobei er sogar deren Wünsche so gut wie möglich berücksichtigte.

Trotz oder gerade aufgrund seiner Möglichkeiten hat er sich sehr großzügig und liebevoll verhalten.

Das war mein Eindruck.

Gelbe Serpentinen erschließen den Weg in ein grünes Tal. Die Hälfte des Dorfes im Tal und die andere Hälfte in die Hänge hinein geschaffen. Grüne Wiesen. Sommergeruch. Stahlgraue Felsen, geformt wie die schlechten Zähe eines Riesen. Häuser aus Lehm. Backsteinhäuser. Herrschaftliche Häuser in Ocker. Ziegeldächer. Kleine Gärten. Balkone aus Eisen. Kopfsteinpflaster. Der Kirchturm, der die Häuser im Tal überragt. Die herrschaftlichen Häuser an den Hängen, welche die Kirche überragen. Und sogar die Sonne musste bei diesem Anblick herzhaft lachen. Sie lässt die Fenster und Häuser glitzern. Doch das Dorf ist keinesfalls ruhig. Überall wuselt es. Lauter ankommende Gäste, die Quartier beziehen. Sogar per Fallschirm, Boot, Jetski und Hubschrauber treffen manche Gäste ein.

Das Dorf hieß Bon Ami. Ob es heute noch so heißt, kann ich nicht sagen. Ich hätte es Malik durchaus zugetraut, dass auch dieses Schild geändert wurde.

Wir erreichten das Zentrum des Ameisenhaufens. Benedikt, der Chauffeur, war noch bei uns. Herr Söhnlein und Herr Graf samt Gefolge waren wieder auf der Rückreise. Benedikt transportierte noch unser Gepäck und ein wenig Proviant.

Ein Herr in Concierge-Uniform kam direkt auf uns zu. Er musste sehr gut über die Gäste informiert sein, denn er sprach uns sofort mit Namen an. Nachdem er uns freundlich begrüßte, wies er Benedikt den Weg. Uns wollte er persönlich begleiten.

2 Quartier

Er fuhr mit uns vor ein Haus in Hanglage. Ach was, es war viel mehr ein Château. Am Rande lagen kleine Weinberge. Ein wilder Garten. Süßes, gehaltvolles Aroma. Ein alter Swimmingpool. Die Kiesauffahrt war rund, mit einem kleinen Brunnen. Eine wunderschöne Terrasse nach hinten. Ein dreistöckiges, ockerfarbenes, ziemlich quadratisches Gebäude mit einem Erker auf der unteren Etage.

Der Concierge stellte uns Monsieur Henry vor, der für unser persönliches Wohlergehen verantwortlich war. Er war ein älterer, kleiner, höflicher Mann mit Glatze und Schnurrbart. Er hatte zwar einen französischen Akzent, sprach aber außergewöhnlich gut Deutsch. Er erzählte uns, dass er während seiner Ausbildung drei Jahre in Berlin verbracht hatte.

Die Einrichtung im Haus wirkte auf den ersten Blick schlicht, aber vielleicht erkannte ich das nicht richtig. In der Erzählung heute kann ich es würdigen. Solides, mattes Kirschholz und die Polster bezogen mit beigefarbenem Leinen. Die Böden im unteren Teil waren ein Mosaik aus bunten Steinen und im oberen Bereich aus Holz. Die Bäder aus Sandstein und Marmor. Die Küche war offen und geräumig. Gehalten in Terrakotta und Vanille. Es war zwar sicherlich alles teuer, aber es wirkte nicht protzig oder aufdringlich. Jemand hatte hier viel Liebe ins Detail gesteckt.

Während wir uns frisch machten, hatte Monsieur Henry bereits Tee aufgesetzt und einen kleinen Imbiss vorbereitet. Er wollte unser Gepäck in der Zwischenzeit auspacken. So genossen wir gerade die belegten Sandwichs und die Gemüsestreifen, als es an der Tür klingelte.

Es war Malik.

Er freute sich wie ein „kleiner Schuljunge". Man möge mir das Bild verzeihen, aber wenn er keine Ohren gehabt hätte, hätte er im Kreis gegrinst. Er fiel mir um den Hals und drückte mich an sich. Ich zögerte kurz, aber schloss dann auch meine Arme um ihn. Es war ein seltsames Gefühl.

„Meine Güte hast du dich verändert. Und irgendwie doch nicht", sagte Malik. Ich schaute ihn einfach nur mit großen Augen an. Er wandte sich Hannah zu und begrüßte auch sie sehr herzlich. Trotz meiner damaligen Perplexität kann ich mich noch an das Funkeln in Hannahs Augen erinnern. Dieses Funkeln, das sagt: Es macht mich neugierig. Entweder heckt sie dann etwas aus oder sie will unbedingt alle Details einer Sache wissen. Ich kam mal mit Lippenstift am Kragen nach Hause von einem Stadtfest. Ja, da ging's um Details.

Malik war neugierig auf unseren Eindruck von der Anreise: „Und wie hat es euch gefallen? Hast du Hannah auch mitfahren lassen? Bestimmt hast du. Hat es dir auch ein wenig gefallen, Hannah?" Sie nickte und lächelte ihn an. Ich sagte: „Es war wunderschön und ein unglaublich großzügiges Geschenk. Ich bin immer noch sprachlos." Was alles in mir vorging, konnte ich in diesem Moment noch nicht genau sagen. Ich hatte ja erst seit Kurzem einen ganzen Schwung Erinnerungen wiedererlangt. Malik schaute mich an. Irgendwie hatte ich das Gefühl, als fragte er sich, ob ich das Erlebnis verstanden hatte. Aber das war nur ein kurzes Flackern in seinen Augen. Er war gleich wieder ganz herzlich und sagte, er sei auf Tour, um seine Gäste zu begrüßen, und deshalb müsse er auch schon weiter. Bezüglich des Ablaufs werde der Concierge Monsieur Paradu — so hieß der also —, noch mal auf uns zukommen, aber heute Abend gäbe es ein Grillfest am Strand.

Hannah fragte nach der Braut, und Malik rollte mit den Augen. Das kannte ich. Ziemlich verschmitzt mit einem schiefen Lächeln sagte er: „Les femmes! Hätte ich gewartet bis Britt mit ihrem Outfit zufrieden gewesen wäre, hätte ich euch zum Abendessen begrüßen können." Das war bestimmt die Wahrheit, wenn auch ein wenig frech. Malik sagte es jedoch so, dass nicht mal Hannah ihm böse sein konnte.

Als er kurz darauf ging, sagte er uns noch einmal, welche große Freude wir ihm mit unserem Kommen machten und wie viel ihm das bedeute.

Nachdem er gegangen war, war ich fast ein wenig enttäuscht von mir selbst, weil es mir so schwer gefallen war, mich völlig der Wiedersehensfreude hinzugeben.

Irgendwie wirkte er auf mich trotz allem ziemlich kurz angebunden, für jemanden, der so sorgsam alles geplant hatte. Ich ließ den Gedanken in diesem Moment jedoch wieder fallen, weil es neben mir einen lauten Knall gab. Spaß, aber Hannah wäre wirklich beinahe vor Aufregung geplatzt.

Jetzt hatte sie ein Thema. Jetzt galt es, Eindrücke zu besprechen und sich abzugleichen. Die Phase der Informationssammlung war vorbei. Jetzt legte mein Schatz los.

„Und, hattest du ihn so in Erinnerung? Braun gebrannt ist er und groß und schlank. Oh, er sieht gut aus." Ob mir diese Aussage gefiel, sei mal dahin gestellt. Allerdings hatte sie recht. Malik sah gut aus. Sogar das mit der Nase hatte sich irgendwie gelegt. Er war noch ein gutes Stück gewachsen, er war schlank, sogar athletisch und hatte immer noch seine dunklen Wuschelhaare. Er trug eine Jeans, braune Mokassins ohne Socken und ein helles Sweatshirt.

Aber Hannah war jetzt im Brainstorming. „Das ist doch komisch, dass er seine Gäste ohne seine Braut begrüßt. Aber andererseits sind ganz viele Menschen hier. Hast du gesehen, wie viele Menschen angereist sind? Warum sollte er sonst ein ganzes Dorf mieten. Oh, das ist eine Feier, wie man sie noch nie erlebt hat. Ich bin wirklich mal gespannt, was noch alles kommt. Ich glaube, er macht alles möglich. Woher hat er nur das ganze Geld? So eine Hochzeit hat man noch nicht gesehen. Allein die Ausnahmegenehmigungen für die Autos. Das Budget für Herrn Söhnlein. Weißt du, was eine Beratungsstunde von ihm kostet? Das ist doch unglaublich. Sollten wir eigentlich ein schlechtes Gewissen haben? Aber er wirkt nicht so, als ob er sich für diese Hochzeit verschulden würde, oder?"

„Ähm, nein, wirkt er nicht", sagte ich. Wirkte er auch nicht. Er machte einen sehr gelösten Eindruck und trotzdem, irgendetwas machte mich skeptisch.

Hannahs weiterer artikulierter Sturm an Gedanken ging an mir vorbei. Sorry, Schatz. Und dann fragen Frauen: „Hast du mir eigentlich zugehört?" Ziemlich sinnlos dann zu sagen: „Jedes Wort." Verlegenes, dümmliches Grinsen. Schüttelnder Kopf von ihr. Aber meine Süße ist klasse: „Also, was hat dich beschäftigt?" Ich sagte Hannah, dass ich ein komisches Gefühl habe, so als sei doch nicht alles in Ordnung. Irgendetwas an seinem Verhalten hatte mich stutzig gemacht.

Auf einmal schaute sie mich sehr liebevoll an und sagte mir, dass es ihr in den letzten Jahren gefehlt hat, dass ich mir auch über Kleinigkeiten und Gefühle solche Gedanken mache. Es sei eine meiner schönsten

Fähigkeiten und vielleicht müsse ich erst wieder ein bisschen in Schwung kommen. Ich liebe Dich.

3 Monsieur Henry

Nach unserem Gespräch beschlossen wir aber doch erst einmal die Dinge abzuwarten und unseren Urlaub zu genießen. Ein Gespräch mit Malik würde sich auf jeden Fall noch ergeben.

Wir saßen auf der Terrasse dieses kleinen Châteaus und nahmen einen „Sundowner" ein, einen französischen Grappa. Monsieur Henry hatte uns gut beraten. Wir wurden langsam ruhiger. Nach dem dritten Glas. Es war Hannah, die Monsieur Henry - Philippe - überreden konnte, sich zu uns zu setzen. Es war wirklich gemütlich. Der Garten ging zwar nach hinten raus, aber am seitlichen Rand - und die Stühle waren danach ausgerichtet -, konnte man das Meer sehen. Wir tranken noch ein Glas, sahen die Sonne langsam über dem Meer untergehen, und Philippe Henry stopfte sich eine Pfeife mit schottischem Tabak, der ein angenehmes Vanille-Aroma verströmte, und erzählte ein wenig von der Gegend und von den Vorbereitungen.

Er selbst sei in diesem Dorf aufgewachsen, und als die Anfrage von einer renommierten Kanzlei kam, hatte das keiner richtig glauben können. Er und der Bürgermeister, der momentan auf dem Kreuzfahrtschiff unterwegs sei, waren Schulfreunde. Seine Maman und sein Papa hatten ihn nach der Bürgerversammlung angerufen, und nachdem Philippe erfahren hatte, wer hinter dieser Anfrage steckte, fuhr er hierher und erklärte, dass er persönlich für die Anfrage bürgen könne, weil er den Menschen Malik als Hotelchef selber kennengelernt hatte. Malik war also Hotelchef. Philippes Aussage hatte zwar nicht für alle Leute im Dorf Gewicht. Für viele jedoch schon. Vor allem aber für den Bürgermeister. Man ließ sich tatsächlich auf den Deal ein. Monsieur Henry sagte noch: „Nötig war es wahrscheinlich nicht, sich für Malik einzusetzen, aber ich hab es getan. Ob ich mich für jemanden anderen so eingesetzt hätte, habe ich mich selbst schon ein paar Mal gefragt. Vielleicht für meinen Papa. Komisch, aber dieser Mann hat mich sehr beeindruckt. Vielleicht liegt es an seinem natürlichen Respekt, den er ausstrahlt. Oder er ist mir einfach sehr sympathisch." Malik erfuhr von Philippes Einsatz und fragte ihn, ob er gerne selber an dem Fest teilnehmen möchte, als Gast. Er lehnte dankend ab, und Malik fragte ihn, ob er sich dann um ein paar besondere Gäste kümmern möchte. Er sagte ihm auch, er solle sich trotz seiner eisernen Disziplin zu diesen Gästen setzen, wenn sie darum bäten, und mit ihnen sprechen. Diese besonderen Gäste waren wir.

Der ältere Herr erzählte uns von den Erfahrungen, die er mit Malik als Hotelchef gemacht hatte. Malik hatte sich für die Gäste immer etwas Besonderes einfallen lassen: „Einmal hat er uns alle als Filmstars verkleiden lassen. Natürlich hat er uns vorher gefragt, ob wir bereit dazu wären. Aber wir haben alle Ja gesagt, und es war ein Riesenspaß. Sowohl für die

Gäste als auch für uns Angestellte. Ich war Marlon Brando aus 'Der Pate'." In bester Pate-Manier gab Philippe Henry zum Besten: „Ich mache Ihnen ein Angebot das sie nicht ablehnen können. Als Gruß aus der Küche haben wir heute Hummerparfait."

Wir klatschten lachend in die Hände, und er verneigte sich spielerisch und schmunzelte dabei über das ganze Gesicht.

Monsieur Henry erzählte weiter: „Mit diesen Bonments hat er immer dafür gesorgt, dass seine Hotels ausgebucht sind. Er hat für seine Gäste und für seine Angestellten gut gesorgt. Nur so funktioniert das Zusammenspiel. Nach so vielen Jahren im Hotelgewerbe konnte ich diese Einstellung am Anfang gar nicht glauben. Ich war ja schon 55 Jahre alt, als mich dieser junge Mann persönlich einstellte." Philippe fuhr sich mit der Hand über den Schnurrbart und sagte: „Das war außergewöhnlich. Im Hotel haben wir ein Miteinander, wie ich es davor nie erlebt habe, mir aber immer gewünscht hatte. Ich bin sehr froh, dass ich das noch auf meinen alten Tage erleben darf."

Ich glaube, wir hätten mit diesem angenehmen Menschen noch den ganzen Abend und die ganze Nacht sprechen können, aber es klingelte an der Tür, und ein Chauffeur stand bereit, um uns zur Grillparty abzuholen. Philippe hatte unsere Sweatshirts und eine

Decke in einen Picknick-Korb gepackt und wünschte uns einen schönen Abend.

Die Feier

1 Junggesellen

Ein silberner JEEP fuhr uns an den Strand. Die Fahrt auf den Serpentinen dauerte nicht einmal 15 Minuten, und der Strand sah einfach gigantisch aus.

Schon vom überdimensionalen Parkplatz – irgendwie wirkte er amerikanisch –, konnten wir sehen, dass überall Fackeln in den Boden gesteckt waren und dass es riesige, dunkle Flecken gab, die das Licht flacher verteilten. Das mussten Bars sein.

Auf dem Parkplatz war ein Rettungszelt aufgebaut, und davor standen zwei Krankenwagen. Die zugehörigen Sanitäter wirkten aber ziemlich entspannt. Vielleicht waren die Sicherheitsvorkehrungen für Großveranstaltungen überall gleich.

Der Chauffeur wünschte uns noch viel Vergnügen und sagte, dass er hier auf uns warten würde. Ich nahm Hannah, die in ihrem hellen Sommerkleid wunderschön aussah, an die Hand und wir marschierten auf die große Party zu. Wir legten sofort, als wir die Schwelle von Parkplatz zu Strand überschritten, unsere Schuhe in den Picknick-Korb. Ich krempelte mir die Jeans hoch.

Der eine dunkle Fleck war eine Bar und der andere dunkle Fleck war gar nicht auf dem Strand, sondern stand auf Pfeilern im Meer. Es war eine Bühne, und jetzt erkannten wir den Song: „Come dance with me. Come on and dance into the light. Ohhooh."

Wir beschleunigten unsere Schritte und gingen näher auf die Bühne zu. Ob er es wirklich war, ließ sich auf die Entfernung nicht sagen. Aber er war ein großartiger Sänger, der, wenn vielleicht auch nicht das Original, dann dem Original in nichts nachstand.

Wir schauten uns an. Hannahs Gesichtsausdruck war diesmal auch ein bisschen Auto-mäßig. Das war der Augenblick, an dem ich den Vergleich mit dem Märchen vom Anfang gespürt habe. Trotz meines außergewöhnlichsten Erlebnisses habe ich es nicht durch mich selbst gespürt.

Himmel und Sterne. Sterne und Strand. Strand und Menschen. Menschen und Musik. Schöne Musik. Was wollt ihr Meer?

Wir hörten den Song noch aus sicherer Entfernung an und hielten uns im Arm, und sie gab mir einen „richtigen Kuss". Auch, wenn Frauen das nicht zugeben möchten. Es beeindruckt sie, wenn man jemanden kennt, der außergewöhnlich ist, und das war mehr als außergewöhnlich. Ich habe es einfach genossen.

Nach drei weiteren Songs gingen wir weiter, um uns etwas zu trinken zu holen. Irgendwie machen Konzerte durstig. Die Jungs waren die ersten, die wir sahen. Sie zu übersehen wäre schwer gewesen. Sie standen nicht Arm in Arm wie andere Gäste am Strand oder in kleinen Gruppen oder sogar ganz im Meer wie ein paar Mädels, die ein wenig wie Groupies wirkten, aber eigentlich Hochzeitsgäste waren, sondern an der großen Bar mit den Bast-Dächern und sie machten Party, ohne sich groß zu bewegen. Ich weiß, das klingt paradox, aber so war es.

Die Jungs hatten Ausstrahlung und trotz der paar Grappas und unserer schönen Stimmung, oder gerade deswegen, waren wir neugierig.

Die gegenseitige Vorstellung benötigte nicht einmal ein paar Sekunden. Die Jungs sahen uns kurz an. Sahen, dass wir interessiert waren, und schon war das Eis gebrochen. Mike kam sofort auf uns zu. Er ist eigentlich ein kleiner Kerl, aber dieser Mensch hat eine Klappe, die ich nicht wiedergeben kann. Kennt ihr Menschen, die schnell sprechen? Dieser Mensch spricht extrem schnell. Braun gebrannt. Dunkle Haare, wenige auf dem Kopf, dafür am ganzen Körper sehr ordentlich. Ruckzuck hatte er Hannah so viele Komplimente gemacht, dass sie rot wurde, aber ich trotzdem nicht böse war. Besonders hatte er es von ihren Füßen. Die Frage danach, was wir trinken, wurde komplett übergangen. Im

Nu hatte Hannah ein Glas Champagner in der Hand und ich ein Bier. So etwas schafft Sympathie.

Die Gläser in der Hand lotste uns Mike schon zu dem Rest der Jungs. Und wenn Mike schon Komplimente gemacht hat, Sonny und Joe waren noch mal schlimmer. „Mike, du Spitzbub, (mit amerikanischem Akzent „Sppitzbub") wo kommen denn diese schönen Menschen her?" Sonny und Joe sind absolute Charmeure, und selbst wenn eine Frau nicht wüsste, dass sie Lust auf etwas Neues hat, was ich mir eigentlich nicht vorstellen kann, würden diese Jungs das verändern. Ich hoffe, Hannah verzeiht mir, aber in dieser Gesellschaft hätte ich sie niemals allein gelassen. Ich bin nicht einmal allein zum Pinkeln gegangen. Ich habe extra durchgehalten bis Hannah auch musste, und dann habe ich vor der Toilette auf sie gewartet. Versteht mich bitte nicht falsch, aber Sonny und Joe sind einfach eine Verführung. Nicht nur das gute Aussehen, sondern vor allem auch das „Jeue de Vivre", die Lebensfreude, die diese Jungs ausstrahlen, ziehen einfach in den Bann.

Die Jungs erzählten eine Geschichte, in der ihnen das Geld ausgegangen war und sie sich in einem Supermarkt zwischen teurem Wodka oder teurem Toilettenpapier entscheiden mussten. Mike sagte: „Ich war für den Wodka, weil ich immer für gute Drogen bin, egal, was man zu sich nimmt. Mick Jaggers Geheimnis." Sonny sagte: „Wir haben natürlich das Toilettenpapier genommen." Und ich fragte: „Wieso natürlich das Toilettenpapier?", und Joe zwinkerte mir zu und sagte: „Na, kann man die Leber etwa sehen? Geschmeidige Bäckchen sind viel wichtiger."

Sonny heißt eigentlich Sonamon und hat sehr südliche Wurzeln. Spanische Mutter und mexikanischer Vater, die sich in Barcelona kennengelernt haben. Die Mutter war Fremdenführerin, und der Vater hat sich als junger Angestellter in einer mexikanischen Brauerei, während einer Besichtigung Barcelonas, eben so sehr in jene Fremdenführerin verliebt, dass er wochenlang auf der Straße vor ihrem Haus kampiert hat, bis sie ihn erhört hat. Wenn ihr aber glaubt, der Vater habe seinen Job riskiert, dann habt ihr keine Ahnung von der Mentalität. Als dieser seinem Chef sagte, dass er sich um diese Frau bemühen möchte, sagte er zu ihm, er kann sich so viel Zeit lassen wie er will, aber wenn er ohne sie zurückkommt, dann braucht er überhaupt nicht mehr zur Arbeit zu kommen. Na, das ging ja gut. Die Eltern zogen nach Tijuana, und Sonny hat als junger Kellner Malik in San Diego kennengelernt. Sonny ist bestimmt so alt wie ich, aber sein Lebensmotto ist, Zitat: „Mein Lebensglück besteht darin, zu beglücken." Ihr wisst, warum ich Hannah nicht allein gelassen habe.

Joe zu beschreiben ist weitaus schwieriger, weil ich mich nur an das Offensichtliche halten kann, er aber irgendwie geheimnisvoll ist. Joseph ist ein großer, kräftiger Kerl, der trotzdem unglaublich geschmeidig ist. An die zwei Meter groß und richtig athletisch, sind seine Bewegungen ganz weich und gelenkig. Seine Familie sei sehr amerikanisch, hat er gesagt. Texaner in der sechsten Generation. Auf den Familienfesten werde das immer wieder betont. Er selbst könne mit diesen Menschen recht wenig anfangen. Wenn er einen schlechten Tag hat, nennt er sie „inzestuöses Geschmeiß". Er ist als 16-Jähriger auf einer Schulausfahrt nach Kalifornien gefahren und hat dort Mike, Sonny und Malik kennengelernt. Darauf beschloss er einfach dort zu bleiben. Er hat eine Lehre im Hotel angefangen und seitdem die beste Zeit seines Lebens. Während Malik leider immer mehr zu tun hatte und Karriere machte, – von der die Jungs natürlich profitierten, das gaben sie ohne Umschweife zu, –, waren Mike, Sonny und Joe in den letzten zwanzig Jahren wohl kaum einen Tag getrennt.

Ihre Anreise verlief auf ganz andere Art und Weise, als die unsere. Eine Einladung gab es nicht, und von der Hochzeit haben sie auch erst heute erfahren. Vor drei Tagen klingelte es an der Tür, und dort standen drei wunderschöne Mädels und ein Bus. Die Mädels haben sie gefragt, ob sie Lust auf eine kleine Spritztour hätten. Sie müssten aber gleich mitkommen, ohne irgendetwas zu packen. Einfach nur die Tür hinter sich schließen und mitkommen. Jeder von den dreien sagte: „Ja, klar." Der Bus war einfach nur ein riesiges Party-Gefährt. Als Erstes wurden sie im hinteren

Bereich in einen großen Whirlpool gesteckt, und man servierte ihnen Champagner und frische Früchte. Das dauerte genau so lange, bis alle drei Jungs eingeladen waren, und da sie alle nur ein paar Minuten auseinander wohnten, ging das ziemlich schnell. Danach wurde klar, warum der Whirlpool so groß war. Das Sprudeln hörte auf, und ein großer Casinotisch, der auf dem Wasser schwamm, wurde abgelassen. Und eine wunderschöne Dealerin hopste ins Wasser. Poker, Blackjack und Roulette, und bis auf das Pokern, wo sie gegeneinander spielten, verloren sie kein einziges Spiel und waren auf einmal Millionäre.

Dass sie das Geld wirklich bekommen würden, hatten sie erst kapiert, als die Spiele vorbei waren. Ein eigener kleiner Bankschalter im Bus zahlte sie direkt aus. Im Bus befand sich außerdem ein Badezimmer und eine Ankleide mit lauter neuen Klamotten in ihren Größen. Sie mussten nicht einkaufen gehen. Auch ein Männergeschenk.

Die weiteren Abenteuer kann ich gar nicht genau beschreiben. Wenn ich mich nicht verhört hatte, gab es jedenfalls, Porsches mit Paintball-Kanonen, Jetski-Bowling und Partys mit wunderschönen Frauen. Der Trip hierher war eine einzige Party für diese Jungs, und sie genossen sie in vollen Zügen. Heute Mittag seien sie dann noch in ein Flugzeug gestiegen, und dann jeweils mit einem Tandem-Springer über dem Dorf abgesprungen und in ihrem Haus im Zentrum mit großem Garten gelandet. Als Hausangestellte hatten die Jungs fünf Damen aus dem Hause Chiffon. Ich weiß das ja nicht so genau, aber ich glaube, das ist ein edler Hostessen-Service. Hannah hat gefragt, ob es ihnen nichts ausmacht, dass diese Frauen für ihre Dienste bezahlt werden? Darauf sagte Sonny: „Süße, jeder, der im Dienstleistungsbereich arbeitet, kann dir das sagen, es kommt auf die Gäste oder Kunden an, ob der Beruf Spaß macht oder nicht. Und hin und wieder erlebt man die aufregendste Zeit seines Lebens. Und verzeih uns, dass wir so cool sind, aber wir sind immer noch so high von dieser Anreise."

Vielleicht gibt es da draußen immer wieder Menschen, die so eine Einstellung zum Leben nachahmen wollen, und eines weiß ich sehr genau, Hannah würde an diese Nachahmer keinen zweiten Blick verschwenden, aber hier standen drei Originale. Die Jungs verloren nicht schnell das Interesse oder wären jemals aufdringlich geworden. Sie haben sich auch nicht einfach volllaufen lassen oder wurden ordinär, sondern unterhielten und amüsierten uns. Sie haben so viele Geschichten erzählt, und sie haben sie gemeinsam erzählt.

Es war dieser Moment im Morgengrauen, ein paar Minuten bevor sich ein sogenannter Groupie in eine Palme übergab, Minuten, bevor wir gemeinsam zum Parkplatz gegangen sind und heimgefahren wurden, als mir Sonny ein kleines Geheimnis verraten hat. Und ich gebe es nicht weiter, weil ich indiskret bin, sondern, weil ich mir wünschen würde, dass es für andere Freunde oder Freundinnen auch das bedeuten könnte. Sonny sagte, wenn auch schon ein wenig lispelnd: „Es gab bei uns nie ein dämliches Ehrgefühl oder eine verquere Haltung zur Moral, sondern einfach unseren Spaß. Aber dieser Spaß hatte immer das Gesetz der Freundschaft und der Freundlichkeit. Wahrscheinlich hört sich das komisch an, aber wir hätten uns niemals geschlagen wegen einer Frau oder hätten uns darüber Gedanken gemacht. Wir sind einfach nur stolz auf unsere Freundschaft. Einen Stolz, den uns niemand nehmen kann. Es gibt immer wieder neue Frauen, aber es gibt immer das richtige Tempo. Wir halten uns gegenseitig an dem richtigen Tempo fest. Wir überstürzen nie die Dinge und sind relaxt und wir sind an keinem Abend böse, auch wenn mal nicht unsere Erfüllung kommt, sondern wir warten auf das Gute, auch für den anderen."

Hannah hätte bestimmt gefragt, was denn das Gute ist, aber ich glaube, ihr versteht das.

Und dann hat Joe noch eine Sache gesagt, die mich lange hat nachdenken lassen: „Ach ja, und das Geheimnis der Verführung besteht nicht darin, den anderen Menschen glauben zu lassen, dass er gefunden hat, was er sucht, sondern ihn glauben zu lassen, dass seine Suche richtig ist."

Die Nacht ging zu Ende, und mit meinen Gedanken darüber bricht auch heute der neue Tag heran, und wir leben mit diesen Gedanken vielleicht ein anderes Leben. Auch jetzt kann ich mir vorstellen, mit den Jungs einen zu trinken, aber jede Nacht hat ihr Ende, und jeder Tag hat sein Ende. Dennoch bin ich neidisch auf den Tag, der hat immer noch die Nacht, kann machen, was er mag. Aber jeder andere Tag muss neu glänzen. Oder es ist umgekehrt.

2 Koch

Der Fahrer brachte uns nach Hause, und wir fielen sofort ins Bett. Wir mähten nicht einmal mehr den kleinen Zahnbelag-Rasen, und ob wir die Jalousien schlossen, kann ich auch nicht mehr sagen, dennoch waren sie geschlossen, und es fielen angenehm gedämpfte Sonnenstrahlen auf den Boden vor unserem Bett, als wir am selben Tag nur zu späterer Stunde erwachten. Bei mir war es bestimmt das Geräusch der Kaffeemühle und der Duft von frischgebackenen Croissants. Bei Hannah war es eventuell mein Magenknurren. Sie lag ziemlich schräg im Bett, mit dem Kopf eher auf meinem Bauch als auf meiner Brust. Es war ein Aufwachen wie schon lange nicht mehr.

Eine kleine Katzenwäsche und die Treppe hinunter tapsen wie junge, unbeholfene, kleine Raubtiere den feinen Gerüchen nach, verscheuchte unsere Katerstimmung im Nu.

Monsieur Henry empfing uns mit breitem Lächeln und deutete nur mit einladender Hand auf die Tür zur Terrasse. Artig folgten wir seiner Geste.

Es war ein wunderbarer Brunch. Auf dem Tisch standen frische Blumen. Der wilde, charakterliche Garten lud zum Staunen ein. Die frischgebackenen Croissants, ein halbes Baguette und Körnerbrötchen warteten unter Leinen in einem Korb, und Philippe stellte sofort eine

Wurst- und Käse-Platte mit kleinen Schätzen auf den Tisch. Eier, Müsli für meinen Liebling und ein Omelett mit Speck, Zwiebeln und frischen Kräutern für mich. In stillem Einverständnis gingen wir wieder dazu über, ihn Monsieur Henry zu nennen und baten ihn auch nicht, sich zu uns zu setzen, worüber er sehr dankbar lächelte.

Nach dem Essen und einem erfrischenden Bad überbrachte uns Monsieur Henry ein handgeschriebenes Kuvert auf einem silbernen Tablett. Das Billett trug Maliks Handschrift, und just wurde mir klar, dass wir Malik auf der ganzen Strandparty nicht gesehen hatten. Und obwohl wir ständig über ihn gesprochen hatten, hatten wir doch nicht an ihn gedacht. Es war auch sein erster Satz nach der Anrede, dass die beiden uns gestern leider nicht gesehen hätten, aber es sei der Größe des Fests geschuldet, und wir sollten uns heute auf eine ruhigere Veranstaltung einstellen, in der ein Essen im Vordergrund stehen würde und wir beide einen Platz an der obersten Seite der Tafel einnehmen sollten. Liebe Grüße. Britt und Malik.

Vor dem Essen hatten wir noch vier Stunden Zeit, und Hannah und ich beschlossen, uns ein wenig zu bewegen. Wir wollten einen Spaziergang machen und Bon Ami erkunden. Das Essen sollte auf dem Marktplatz des Dorfes stattfinden, und auf Philippe Henrys fürsorgliche Empfehlung hin nahmen wir warme Kleidung und Wasser in einem kleinen Rucksack mit.

Es dauerte nicht lang, bis wir bemerkten, dass das Dorf nicht so klein war, wie wir auf den ersten Blick angenommen hatten. Wir brauchten eine halbe Stunde zu Fuß, um an den Dorfrand zu kommen. Diesen erkannten wir an Backsteinen, die nicht immer nach der Wasserwaage in den Boden eingesetzt waren. Wirklich schön. Mediterran. Blütenstaub. Staub. Lavendel. Flieder. Der Duft frischer Oliven. Trockene Wärme. Schattige Gässchen mit runden Torbögen. Sonnengesäumte Plätze. Eisengeländer mit einer Patina. Ich glaube, ganz viele Sachen im Dorf hat Malik auch überhaupt nicht verändern lassen, weil sie schon perfekt waren.

Wir kamen an einen Platz, umgeben von alten Pinien und ganz verschiedenen kleinen Tischen und Stühlen. Kein Stuhl und Tisch waren die gleichen, und angeordnet waren sie ganz willkürlich. Daran, dass schon ein paar Menschen mit Kaffeetassen und Kaltgetränken an den Tischen saßen, machten wir erst den kleinen Eingang zum Café Dafur aus. Hannah schaute mich an, und ich konnte nur lächeln und eine einladende Handbewegung zum nächsten Tisch machen.

Ich glaube, ihr habt schon gemerkt, dass ich manchmal mit meinen Gedanken woanders bin und vor mich hin träume und mir dann ein paar Einzelheiten verloren gehen. Und dieser Anblick war zum Träumen. Jedenfalls hatten wir kaum Platz genommen - und ich kann im Rückblick leider nicht mehr genau sagen, wie es dazu kam -, aber auf einmal saßen wir wieder mit einem

interessanten Menschen am Tisch und tranken
Milchkaffee.

Der etwas durchlebt wirkende Mann von cirka fünfzig
Jahren hieß Kenneth. Er trug helle Hosen und ein
weißes Leinenhemd. Sein Gesichtsausdruck - Sie kennen
sicher das Bild mit einem lachenden und einem
weinenden Auge - war genau so. Aber noch nie hatte ich
so deutlich diesen Ausdruck an einem Menschen gesehen.
Dazu kam dann noch der sagenhafte Hintergrund, und ich
hatte das Bild von einem expressionistischen Maler vor
Augen.

Kenneth machte keine Komplimente wie die Jungs und er
beobachtete auch nicht jede Regung seines Gegenübers,
während er erzählte. Sein Blick verlor sich in der
Weite, und nur hin und wieder kehrte seine
Aufmerksamkeit zu uns zurück. Kenneth erzählte uns von
Maliks Anfängen in Amerika.

Maliks erste „Station" war das Hotel seines Onkels in
San Diego. Das „Old Station" lag in der Nähe einer der
ersten Zuganbindungen, die so um 1900 geschaffen
wurden. Mit 25 Gästezimmern war das Gebäude nicht sehr
groß, die Lage und die damit verbundene Aussicht eher
schlecht und der Service war bemüht. Maliks Onkel war
kein gelernter Hotelier und ließ sich in Verhandlungen
einige Male quer über den Tisch ziehen. Ich schließe
daraus, dass die wirtschaftliche Situation des Onkels
nicht exakt dem entsprach, was er Maliks Vater

geschildert hatte. Anfangs muss es ohne Zweifel eine gewisse Enttäuschung für Maliks Familie gewesen sein. Aber ob Malik das überhaupt wahrgenommen hat, kann man nicht sagen. Seine Aufmerksamkeit reiste nämlich erst mit ziemlicher Verspätung in das neue Land. Kenneth sagte sogar: „Hab ihn am Anfang sogar für einen Dummkopf gehalten, weil er gar nicht richtig zugehört hat, aber, herrje, hab ich mich da vielleicht getäuscht." Er könne heute nicht mehr genau sagen, wie lange es gedauert hat, ob drei Monate, ein halbes Jahr oder länger. Malik hatte anfangs Kenneth in der Küche geholfen und Teller gewaschen. Er soll gesagt haben, diese Tätigkeit hätte für ihn heute noch etwas Meditatives. Auf einmal war er jedoch im Hotel und wach. Das Hotel spürte das. Er fing damit an, das Büro seines Onkels aufzuräumen. Auf dessen Frage, was er da mache, sagte Malik lapidar: „Ich kümmere mich ab heute um die Buchhaltung. Ich bin sicher, du hast nichts dagegen." Maliks Vater und Onkel, die sich sonst in vielen Dingen mit ihrem Stolz selbst im Weg standen, gaben in diesem Punkt sofort nach. Er war nicht auf einmal der Chef, aber er machte Vorschläge und informierte seinen Onkel und Vater genau über die Situation und errechnete die Margen, die eingehalten werden mussten, damit etwas dabei verdient sei.

„Es ging nicht über Nacht, aber das Hotel fing an zu florieren. Malik machte Vorschläge in allen Bereichen. Er half mir immer noch viel in der Küche. Malik hatte einen Riesenspaß damit, mit mir zu kochen, und wir überlegten uns gemeinsam Gerichte. In dieser Küche wurden wir Freunde", seufzte der alte Koch.

Und mit der Küche fing die Sache überhaupt an zu laufen. Malik sagte immer: „Mit der Lage und Aussicht gewinnen wir keinen Blumentopf, und wir können auch nicht alles ändern, aber wir können den Service so gut machen, dass jeder wiederkommen möchte und das Essen und Trinken so lecker zubereiten, dass sie am liebsten bis zum Frühstück bleiben wollen. Dann bieten wir ihnen halt ein Zimmer an."

Für Malik wurde die Schule der Nebenjob, die er trotzdem mit Bestnoten abschloss. Privat freundete er sich mit allen im Hotel an. Mike und Sonny, die Hotelboys, waren seine Kumpel, Kenneth sein väterlicher Freund / Verbündeter, und aus Onkel und Vater wurden die Partner. Die beiden gingen einkaufen mit genauen Anweisungen zu Qualität und Preis, sie renovierten die Zimmer und richteten diese mit alten Holzmöbeln ein, die sie auf Auktionen und Räumungsverkäufen erstanden. Sie bepflanzten den Garten und bauten im zweiten Jahr sogar eine Pool-Anlage ein. Aus dem Old Station wurde ein liebevoll eingerichtetes Hotel mit gutem Service und einer hervorragenden Küche.

Kenneth grinste und sagte: „Das hört sich jetzt so an, als wäre ich allein für Maliks Karriere verantwortlich, weil die Küche so gut lief, aber die

Wahrheit ist, es war Malik. Kochen machte mir zwar Freude, und ich war auch nicht unzufrieden mit meinem Beruf, aber erst durch Malik wurde Kochen mein Leben. Nicht nur den Spaß, sondern auch die Professionalität und die Ernsthaftigkeit der eigenen Tätigkeit erkannte ich durch Malik. Malik führte einem immer vor Augen, dass es von der eigenen Leistung und Hingabe abhängt, ob eine Sache erfolgreich wird oder nicht. Wir optimierten jeden Tag: die Gerichte, die Lagerhaltung, die Raumaufteilung, die Beleuchtung und die Musik, aber vor allem auch den Service. Malik verstand sich stets als Gastgeber und nicht als Wirt. Er sagte immer, die Rechnung zum Schluss müsse eine Nebensächlichkeit sein."

Zu hören, welchen Einsatz Malik in dieser Zeit an den Tag gelegt hat, erfüllte mich mit Stolz. Er war ja so alt wie ich, und wir hatten die meiste Zeit davor miteinander verbracht, und dass ein junger Mensch zu diesen Gedanken fähig ist, erstaunt mich heute im Nachhinein noch mehr als damals.

Kenneth erzählte weiter: „Ja, der Junge hat uns alle erstaunt. Sein Onkel und sein Vater haben sich manchmal selbst in die Tasche gelogen und manche Verdienste für sich selbst beansprucht, um vor der Familie gut da zustehen. Aber ich habe alles gesehen. Zwei Jahre nachdem Malik mit seiner Familie angekommen ist, stand das Old Station da wie nie zu vor. Er war 18 und hatte am San Diego City College mit Wirtschaft angefangen. Also eine Schule für den Jungen war das nicht. Das erkannten sogar die Professoren. Sie gaben ihm ein Stipendium und schickten den Jungen auf eine Wirtschaftsuni. Drei Jahre war er weg. Ließ sich jedes Wochenende per Telefon die wichtigsten Daten durchgeben und gab seine Einschätzung ab. Was soll ich sagen, der Junge hat mir gefehlt. Es machte nicht mehr den gleichen Spaß, obwohl ich alles weiterhin in gleicher Qualität machte und sogar manche Dinge verbessert habe. Aber die drei Jahre ohne Malik waren nicht schön von der Arbeit her. Im Privaten lief es ganz gut für mich. Da war ein Abend, an dem kamen fünf junge, hübsche Dinger in unser Restaurant, auf persönliche Empfehlung einer unserer Stammkunden." So wie es Malik ihm gesagt hat, sollte er bei besonderen Speisen als Chefkoch die Gerichte selbst servieren, und an dem Abend gab es Nachspeise nach Laune des Küchenchefs. Kenneth erzählte weiter: „Ich gab mir besondere Mühe und servierte den Damen den Nachtisch persönlich, und bei der einen ist mir statt einer Ellipse der Schokoglasur ein Herz herausgerutscht." Da musste Kenneth richtig schmunzeln. Es war ein schönes Lächeln, und Hannah hatte glänzende Augen.

„Die Mädels sind dann auch öfter gekommen, und ich hab das ganze Essen fast schon selbst serviert. Gut, ich war verknallt, aber getraut, die Gäste anzusprechen, hätte ich mich trotzdem nicht. Das hat sie dann gemacht". Jetzt machte Kenneth eine Pause.

„Sie hat zum Kellner gesagt, sie möchte mit dem Koch
sprechen, weil sie was an dem Essen auszusetzen habe.
Na, da war ich erstmal enttäuscht, und dann hab ich
gefragt, ob ich an den Tisch kommen soll, aber er hat
gemeint, dass sie mit mir persönlich in meinem Büro
sprechen möchte. Das fand ich nicht gut, aber als ich
dann in das Büro gegangen bin, fällt sie mir einfach
um den Hals und küsst mich."

Der Chefkoch des Old Station heiratete die junge Frau
namens Cathy, und sie bekamen zwei Söhne: Samuel und
Christian. Kenneth war zehn Jahre lang ein sehr
glücklicher Mann. Dann wurde Christian sehr krank.
Obwohl er mit Malik nicht mehr so viel zu tun hatte,
meldete er sich bei ihm, und Malik setzte alle Hebel
in Bewegung und kam für die Behandlung in den besten
Krankenhäusern Amerikas auf. Leider starb Christian
doch.

Kenneths Augen waren feucht, aber seine Stimme klang
gefasst. Hannah standen nun dicke Tränen in den Augen,
und sie nahm ein Taschentuch aus ihrer Handtasche.
Kenneth berichtete weiter, dass das erst der Anfang
seines Abstiegs war. Es waren nicht so sehr
Schuldgefühle, sondern eine tiefe Traurigkeit, welche
die Familie erfasste. Anstatt über die entstandene
Leere zu sprechen und sich psychologisch betreuen zu
lassen, so wie es jemand vorgeschlagen hatte, sprach
die Familie immer weniger miteinander. Jeder zog sich
zurück, und Kenneth entschied sich für den Alkohol.

„Heute erscheint es mir noch schlimmer, weil ich ja noch Samuel und meine Frau hatte, aber wir konnten alle nicht damit umgehen", seufzte er. Seine Frau verließ ihn und nahm Samuel mit. Er hatte keine Kraft zu widersprechen. Aus der Küche flog er raus, weil er mehrfach überhaupt nicht zur Arbeit erschienen war. Seine Freunde waren hilflos, und weil er sich schämte, wandte er sich einfach von ihnen ab. Er ging nach San Francisco und lebte als Kellner in einer Nachtbar. Er konnte tagsüber schlafen und nachts, nach der Arbeit, so viel saufen, wie er wollte. Er wollte nur alles vergessen. Einige Jahre lebte er so, bis Malik ihn endlich gefunden hatte und zur Hochzeit einladen wollte. Als dessen Anwälte bei Kenneth klingelten, war er so betrunken, dass er ihnen beim Öffnen auf die blank polierten Schuhe kotzte. Da grinste er ein bisschen: „Das haben die bestimmt auch nicht vergessen." Seine Einladung verlief also auch ganz anders als die unsere. Anstatt mit ihm einfach den Termin zu besprechen, war unter den Anwälten ein Psychologe, dessen Fachgebiet Alkoholismus war. Er schaffte es, Kenneth davon zu überzeugen, sich in Behandlung zu begeben. Sieben Monate war er in einer Klinik, und nachdem er draußen war, stand Malik persönlich vor der Tür, um ihn abzuholen. Er machte ihm klar, was er sich als Hochzeitsgeschenk wünschte. Nämlich, dass er sich mit seiner Familie aussöhnen sollte und über die begangenen Fehler sprechen sollte. In einer Familientherapie arbeiteten seine Ex-Frau, sein Sohn Samuel und er die vergangene Zeit auf.

„Heute kann ich zwar wieder in den Spiegel sehen, aber bloß mit einem Auge", war der letzte Satz seiner Erzählung.

Wir haben an diesem Abend nicht mehr so viel gesprochen, denn mit dem Ende der Erzählung spiegelte sich die halbe Abendsonne auf dem Meer, und es war Zeit auf den Marktplatz zu gehen. Wir waren sehr nachdenklich. Wir saßen sogar neben Kenneth, der ohne seine Familie zur Hochzeit gekommen war. Wir saßen an der Kopfseite der Tafel, an der auch Britt und Malik saßen, und wir haben auch kurz mit ihnen gesprochen. Sie ist eine sehr schöne und herzliche Frau. Dunkle Haare, zierlich, elegant, sanfte Züge mit einem träumerischen Blick, aber vielleicht lag das auch nur an der Hochzeit oder daran, wie Malik sie ansah.

Das Essen war ausgezeichnet, und wir haben es soweit, denke ich, genossen. Man könnte meinen, wir wären aus Höflichkeit etwa auch aus falscher Höflichkeit, von der Geschichte Kenneths betroffen gewesen. Aber so war es nicht.

Wir verließen, sobald es nicht mehr unhöflich war, das Fest. Auf dem Heimweg blieben wir stehen und nahmen uns ganz fest in den Arm.

3 Engländerin und Sherpa

In der Nacht wachte ich zwei Mal auf und legte meinen Arm um Hannah. Am nächsten Morgen waren wir zwar ausgeruht, uns jedoch einig, dass wir eine Art belegtes Gefühl hatten. Das Frühstück auf der Terrasse schmeckte lecker, aber auch irgendwie anders. Monsieur Henry schaute uns mit einem fragenden, leicht besorgten Blick an, aber wir signalisierten ihm, dass alles in Ordnung sei. Es war auch alles in Ordnung. Eben irgendwie. Kenneths Geschichte hatte uns deshalb nachdenklich gemacht, weil wir oft über das Thema Kinder gesprochen hatten. Zu einem Ergebnis sind wir nicht gekommen. Das Fazit war, dass es der Beruf momentan nicht zulässt. An diesem Tag wurde mir klar, dass der Beruf nicht der Grund war.

Hannah schaute mich fragend an, und ich nickte. Danach fielen wir uns in die Arme, leicht verschränkt, weil wir ja gemeinsam auf einer Holzbank mit Polster saßen. Dies war einer der glücklichsten Momente in meinem Leben. Ab diesem Moment war der Tag einfach wunderbar.

Philippe Henry bemerkte den Stimmungswechsel wie einen nicht erahnten Wetterumschwung. Hatte er sich gerade noch innerlich mit Regenkleidung gewappnet, musste er nun seine Sonnenbrille herausholen. Mit einem dankbaren Lächeln richtete er den Blick in die Wolken, und mit einem gütigen Gesichtsausdruck schaute er uns an. „Noch eine Portion Eier mit Speck und ein Müsli?", fragte er heiter.

Wir antworteten beide: „Ja.“

Das heutige Programm sah gegen Mittag eine Whisky-Verköstigung vor, welche in einer Abfüllanlage am Dorfrand stattfinden sollte. Uns blieb nur wenig Zeit, um uns schick zu machen. Aber das war uns nicht so wichtig.

Der Fahrer von der Strandparty stand mit seinem Geländewagen vor der Tür. Hannah gab Monsieur Henry dieses Mal zum Abschied eine „bise“ (französisch für ein Küsschen) auf die Backe. Wir parkten auf einem großen, gemähten Feld in der Nähe der Abfüllanlage. Wieder war ein Rettungszelt mit Sanitätern aufgebaut. Es waren vielleicht hundert Meter zu gehen. Die Zahl der Autos ließ auf eine Menge Gäste schließen, aber nicht so viele wie an der Strandparty. Später erfuhren wir, dass die Feier am Mittag gemacht wurde, weil sie diesmal in zwei Margen von Gästen aufgeteilt war.

Wir waren unter den ersten. Die Abfüllanlage sah auf den ersten Blick aus wie ein Bauernhof. Eine alte Scheune und ein paar Hochbehälter, ein großes Haus und ein gepflegter Hof. Das Tollste aber war der Gewölbekeller unterhalb der ganzen Anlage. Ein Spitztonnengewölbe aus Bruchstein, habe ich mir erklären lassen. Hier lagerten schwere Eichenfässer, und hier war die eigentliche Veranstaltung. Als wir an die Scheune kamen, stand Monsieur Paradu, der Concierge, mit seinen Helfern bereit und führte uns in den Keller. Dieser war schon ziemlich gut besucht. Uns erfasste gleich eine interessierte und sehr entspannte Stimmung. Whisky hat überhaupt eine eigene Wirkung, aber das sollte jeder für sich selbst herausfinden.

Als wir den Keller über eine schmale Treppe hinab stiegen, liefen wir Malik und Britt geradewegs in die Arme. Britt sah toll aus. Weiße Bluse, Halstuch, enge Hose, Stiefel und das Haar lässig zu einem Zopf gebunden. Es passte perfekt zu ihr und dieser Veranstaltung. Malik trug ein helles Leinenhemd, braune Cordhose und braune Hosenträger. Auch ihm stand das sehr gut, und somit passte er perfekt zu ihr. Sie strahlten uns an und umarmten uns herzlich. Malik fragte besorgt nach dem gestrigen Abend: „Ihr wart gleich nach dem Essen verschwunden. Hat es euch nicht gefallen? Oder geht es euch nicht gut? Kann ich etwas für euch tun?" Hannah strahlte Malik einfach an und antwortete beflissen: „Uns geht es hervorragend. Ich hatte gestern nur durch ein regelmäßig wiederkehrendes, frauenspezifisches Ereignis, ausgelöste Nebenwirkungen, die unter anderem in Schmerzen resultieren können", sagte die Juristin und lieferte uns ein Alibi. Maliks Reaktion war klasse. Ein amüsiertes, schiefes Lächeln und ein trockenes „Jaah, gut". Kurze Pause. Schallendes Lachen von Britt und Hannah. Ich tätschelte Malik freundschaftlich den Rücken und machte einen mitfühlenden Grunzer.
Erstes Fass – Single Malt – 12 Jahre alt – Schottland.

Malik sagte: „Ja gut, wir sind in Frankreich, aber mich bei einer Whiskyverköstigung auf Frankreich zu beschränken, hätte mir ein paar saftige Ohrfeigen von manchen Menschen hier eingebracht. Wenn ihr wisst, was ich meine. Und das mit den Ohrfeigen ist bei solchen Leuten kein Scherz. Whisky-Kenner verstehen da keinen Spaß." Ich nickte, denn ich wusste, was er meinte. Hannah und Britt schüttelten einfach nur leicht den Kopf und unterhielten sich weiter. Erst jetzt hatte ich die Gelegenheit, mich richtig umzuschauen. Der Keller war fußballfeldlang und nicht ganz fußballfeldbreit. Zu beiden Seiten standen cirka 30 mannshohe Eichenfässer und vor jedem Fass runde Holz-Bars mit Tresen und oberhalb angebrachter Eisenschienen, in denen die Probiergläser baumelten. Jede dieser Bars betreute ein ausgewiesener Whisky-Experte. Zusätzlich lag auf jedem Tresen ein Tablett mit verschiedenen Tüchern. Ein kleines Schild wies darauf hin, dass diese zur Desinfektion gedacht waren. Abgesehen davon war es das erste Mal, dass ich mit Malik allein war, ich meine, außer den fünfhundert anderen Leuten. Ich schaute ihn an und sagte: „Du hast alle unsere Träume in Erinnerung behalten. Wie ist dir das gelungen?" Malik antwortete nachdenklich: „Na, weil ich uns in Erinnerung behalten habe. Ist es dir schwergefallen nach all der Zeit?" „Sehr. Aber du warst schon immer sehr klug und konntest dir vieles merken", gab ich zu. „Es sind die zusätzlichen Dinge, die uns gut erinnern lassen. Gerüche, Geschmäcke, Gefühle. Ja, besonders Gefühle. Deshalb konnte ich mir vieles merken. Aber manche Menschen verschließen sich eben vor diesen Gefühlen, und deshalb verschließen sie auch die Erinnerungen. Das hilft bestimmt auch in vielen Fällen", sagte er. Ich nickte.

Plötzlich unterbrach Hannah unser Gespräch und fragte Malik: „Sag mal, wie viele Gäste hast Du eigentlich eingeladen?" Malik wurde sofort wieder locker und antwortete: „Es sind schon einige zusammengekommen. Aber ehrlich gesagt, es sind auch einige Geschäftspartner dabei, und du weißt ja, die muss man als Spesen abrechnen." Hannah musste lachen: „Aha, so läuft der Hase also." „So und nicht anders", grinste Malik zurück.

An diesem Tag bekamen Malik und ich keine Gelegenheit mehr, unser Gespräch fortzusetzen. Gleich nach der Unterbrechung durch Hannah kamen zwei weitere Weggefährten Maliks an unsere kleine Bar. Eine rothaarige, lockige Frau, korpulent oder eher athletisch, und ein sehr schlankes, vertrocknet aussehendes Hutzelmännchen. Verzeih mir, Jamling. Die Frau hielt sich gar nicht lange auf und fiel Malik gleich um den Hals: „Whisky! Das war deine Idee! Oh Malik. Du bist echt ein Verrückter." Malik erwiderte die Umarmung herzlich und lachte: „Ich hab gehofft, dass du dich freust." Als sie ihn losließ, umarmte Malik das Hutzelmännchen. Nach der Umarmung griffen sich die beiden an den Unterarmen und zwinkerten sich gegenseitig verschwörerisch zu. Britt reichte den beiden höflich die Hand und lächelte etwas gequält. Malik drehte sich zu uns um: „Eliza und Jamling, darf ich euch meinen ältesten Freund Sebastian und seine Frau Hannah vorstellen. Sebastian und Hannah, das sind Eliza und Jamling. Wir haben eine Menge zusammen erlebt." Wir reichten uns gegenseitig die Hände. Der Händedruck von Eliza war wie ein Schraubstock, aber der von Jamling erinnerte beinahe an eine Müllpresse. Das hatte ich dem Kerlchen wirklich nicht zugetraut. Es steckte keine böse Absicht dahinter, aber die beiden waren enorm kräftig. Vielleicht lächelte Britt deshalb so halbherzig, weil sie ihnen schon öfters die Hand geben musste. Während Hannah und ich noch unsere Hände rieben, begann Malik zu erzählen: „Eliza, Jamling und ich sind Bergkameraden und haben schon einige Touren gemeinsam unternommen. Und auch schon einige Whiskeys zusammen getrunken. Wenn ich das sagen darf." Eliza schmunzelte: „Natürlich darfst du das sagen. Wie sollte ich hier meine Schwäche dafür geheim halten können. Ich hab mich schon mal kurz umgeschaut. Vielleicht schließe ich mich hier heute Nacht einfach ein." „Du meinst, ich sollte meinen Leuten Bescheid geben, dass sie auch hinter den Fässern nachschauen, wenn sie hier schließen?", grinste Malik. „Genau so. Wir wollen doch nicht noch mal so eine Nacht wie in Wales erleben. Da haben wir dich alle gesucht und dann im Keller hinter dem Fass gefunden", lachte Eliza. Es war sehr amüsant, den beiden zuzuhören, wie sie noch auf ein paar weitere Abende Anspielungen machten. Leider kam nach ein paar Minuten Monsieur Paradu zu

Malik geeilt und flüsterte ihm etwas ins Ohr. Daraufhin entschuldigte sich Malik und zog Britt mit sich. Wir standen nun mit Jamling, der bisher noch kein Wort gesagt hatte, und der toughen Eliza am Tisch. Eliza schaute Malik hinterher und sagte: „Ein toller Kerl. Wenn ich doch nur nicht so gar nicht auf Männer stehen würde." Hannah stutze kurz. Aber Eliza fing schon wieder laut an zu lachen: „Brauchst dir keine Sorgen machen, Süße." Daraufhin mussten wir auch lachen, und damit war das Eis endgültig gebrochen. Eliza fing an zu erzählen und Jamling nickte dazu. Ab und an sagte er auch was. Er ist wirklich ein sehr schweigsamer Typ mit hellwachen Augen. Als er das erste Mal etwas sagte, wunderten wir uns, wie weich seine Stimme ist. Wenn das der Grund ist, weshalb er so wenig redet, finde ich das sehr schade, weil alle seine Beiträge zur Erzählung äußerst interessant und unterhaltend waren.

Eliza und Malik lernten sich auf der Wirtschaftsuni (Harvard University) kennen, von der Kenneth erzählt hatte. Sie hatten ein paar Kurse zusammen, aber sie verband keine tiefere Freundschaft. „Ehrlich gesagt war er mir damals ein viel zu großer Streber, und meine Interessen lagen sowieso wo anders", gab Eliza ehrlich zu. Erst einige Jahre nach dem Abschluss liefen sich die beiden wieder über den Weg. Beziehungsweise über den Pfad. „Ich war mit meiner damaligen Freundin Ashley auf einer Bergtour mit einem anspruchsvollen Klettersteig. Mitten in dem Klettersteig bekommt diese Kuh einen Panikanfall.

Fängt an zu heulen und zu hyperventilieren. Ich wusste nicht, was ich tun sollte. Wir kamen nicht mehr vor und nicht mehr zurück. Ich konnte sie nicht beruhigen. Ich dachte schon darüber nach, mich ohne Sicherung alleine auf den Weg zu machen und Hilfe zu holen. Aber dann kamen Malik und Jamling. Malik erfasste die Situation sofort, stieg an der Seite zu Ashley hin und sprach mit ihr. Aber die reagierte gar nicht", erzählte Eliza. Jamling ergänzte: „Malik gab ihr ein paar satte Ohrfeigen." „Genau. Das brachte sie wieder zur Vernunft. Im ersten Moment war ich wütend auf Malik, aber im Nachhinein glaube ich, war es das einzig Richtige", seufzte Eliza. „Im Grunde war es meine Schuld. Ich wollte Ashley imponieren und habe deshalb mit ihr diese Tour gemacht. Sie war immer so großkotzig und fand alles langweilig. Ein paar Ohrfeigen hätte ich deshalb auch verdient. Jedenfalls kamen wir heil unten an, und dann erkannte ich Malik erst. Er holte einen Flachmann raus, und wir tranken alle einen Schluck. Das beruhigte uns, und ich konnte mich bei ihm bedanken", endete Eliza.

Darauf konnte sie Malik fragen, wie er überhaupt auf den Klettersteig gekommen sei, und es stellte sich heraus, dass Malik mit Jamling für die Besteigung eines Achttausenders trainierte. Jamling war vom Volk der Sherpa und als Trainer engagiert, um Malik vorzubereiten. Drei Jahre sollte die Vorbereitung dauern, weil Malik dazwischen immer wieder geschäftliche Termine hatte und man eine große Zahl anderer Besteigungen nachzuweisen hat. Jamling hat uns die Zahlen genannt, aber ich hab sie leider vergessen. Auf alle Fälle sind es einige.

Nach dieser Geschichte mit Elizas Ex – sie hatte noch am selben Tag Schluss gemacht – verabredeten sich Eliza, Malik und Jamling öfters zum gemeinsamen Bergsteigen. Irgendwann fragte sie, ob sie sich der Achttausender-Besteigung anschließen dürfe, und dieses Projekt stand.

Zwei Jahre später waren sie soweit und wollten sich an den Cho Oyu wagen. Dieser wird häufig als der erste Achttausender empfohlen, weil dessen Statistik mit einem Todesfall auf 65 Gipfelerfolge das geringste Risiko aufweist. Die Besteigung verlief wunderbar, und die drei erreichten den Gipfel gemeinsam und waren unendlich glücklich. Auf dem Rückweg jedoch bekam Malik Probleme mit der Atmung und hatte blutigen Auswurf. Der Abstieg von Camp II bis zum Basis Camp war eine einzige Tortur. Eliza und Jamling dachten oft, dass sie Malik verlieren würden, aber er hielt durch. Den Abtransport aus dem Basis Camp in das Krankenhaus nach Kathmandu bekam Malik höchstwahrscheinlich gar nicht mehr mit. Eliza und Jamling kamen zwei Tage später im Krankenhaus an. Bis dahin hatte sich Maliks Zustand stabilisiert und wurde nach zwei Wochen noch besser. Die Ärzte sprachen von einer Art Lungenentzündung und einer etwaigen Höhenunverträglichkeit. Genaue Tests und Analysen sollten die Ärzte in Amerika machen. Malik konnte verlegt werden, und die Ärzte in Amerika machten sich an die Arbeit. Über deren Ergebnisse wussten Eliza und Jamling nicht viel. Er erholte sich komplett und gab ihnen Wochen später Bescheid, dass er an der geplanten Mount-Everest-Besteigung nicht teilnehmen könne, weil die Ärzte ihm davon abrieten. Er solle weiterhin Bergsteigen, aber eben nicht auf die allerhöchsten. Die Touren machten sie also weiterhin, und seitdem gab es keine Probleme mehr. Malik war so unverwüstlich wie eh und je. Manchmal hatten die beiden das Gefühl, dass es Malik ein wenig ärgerte, aber nicht so sehr, dass er auf die Berge verzichtet hätte oder die Tour trotzdem gemacht hätte. Das war jetzt zwei Jahre her, und man müsse zugeben, dass die Touren schon weniger geworden sind. Vielleicht liegt es an Maliks Beruf oder an dem Umstand, dass er Britt kennengelernt hat.

Endlich kamen wir auf die Idee, nach Maliks Beruf zu fragen. Eliza und Jamling schauten uns skeptisch an: „Das wisst ihr gar nicht? Malik gehört eine der größten Hotelketten Amerikas, welche mittlerweile in über hundert Ländern vertreten ist." Das erklärte einiges. Endlich wussten wir, woher Malik das ganze Geld hatte.

Die beiden erzählten an diesem schönen Nachmittag noch einige Geschichten von den Bergen, und man hatte das Gefühl, als könnte man diese erhabene Schönheit in den Augen der beiden sehen.

Ihre Anreise hat übrigens auch länger gedauert als die unsere, weil Eliza und Jamling nämlich den Mount Everest alleine bestiegen haben, auf Wunsch von Malik.

Am späten Nachmittag verließen wir etwas beschwipst die Whisky-Verköstigung. Malik und Britt konnten wir nur noch kurz drücken. Das Abendessen nahmen wir auf der Terrasse ein und gingen früh schlafen.

4 Tag am Meer

Nach einer erholsamen, sehr innigen Nacht und dem ersten Schritt in eine neue Zukunft waren wir sehr hungrig und genossen Monsieur Henrys liebevoll zubereitetes Frühstück ausgiebig. Die Sonne strahlte uns an. Als wir erfuhren, dass wir den heutigen Nachmittag am Strand verbringen sollten, waren wir damit einverstanden.

Philippe packte uns einen Korb mit Decken, kleinen Fruchtstücken, Zeitschriften, MP3-Playern und Sonnencreme. Er erinnerte uns daran, die Badesachen einzupacken und etwas Warmes, falls es später werden sollte.

Der uns bekannte Wagen kam pünktlich, und wir verabschiedeten uns. Heute denke ich daran, dass wir den Fahrer des Wagens nicht kennengelernt haben. Aber irgendwie hat sich das auch nie ergeben. Sollte er durch Zufall dieses Buch lesen: Wir danken ihm für das Fahren.

Der gleiche Strand wie am ersten Abend mit dem großen Parkplatz. Wieder mit den Sanitätern, aber diesmal ohne Bühne im Meer. Stattdessen gab es eine Wasserhüpfburg. Verschiedene Pontons. Jetski und Wasserski. Kitesurfer. Normale Surfer. Windsurfer. Die offenen Bars am Strand und einen strahlend blauen Himmel.

Bei Tageslicht erkannte man die Weitläufigkeit des Strandes besser. Wenn ich schätzen müsste, wie viele Menschen am Strand gewesen sind, würde ich sagen zweitausend. Darunter sicherlich sehr viele Animateure, Surftrainer, Servicekräfte und Bademeister. Dennoch wirkte der Strand nicht überlaufen. Jeder Gast und jede Gruppe hatte die Möglichkeit, sich zu integrieren oder zu separieren. Je nach Entwicklungsstufe.

Im Grunde hatten wir uns während der gesamten Zeit keine Vorstellung davon gemacht, wen wir kennenlernen würden oder wie wir etwas über Maliks vergangene zwanzig Jahre erfahren sollten. Vielleicht war das die Magie, dass wir uns keine Vorstellung davon gemacht hatten oder dass wir nicht auf ein bestimmtes Ziel zugesteuert haben? Vielleicht sind wir dadurch den Menschen in dieser Reihenfolge begegnet und konnten an diesem Tag am Meer mit der Familie von Malik sprechen.

Wir waren gerade einmal hundert Meter am Strand gelaufen, als ein älterer Mann auf uns zu kam. Er rief schon von Weitem: „Hee, Sebas, bist du des?" Ich erkannte ihn sofort. Die ganze Familie von Malik ist groß, schlank und feingliedrig. Doch Maliks Vater Dave ist ein echter Schrank. Ihn und Joe kann man gut nebeneinander sehen. Außerdem erkannte ich, als er näher kam, seine verletzte Hand.
Er strahlte uns an und ging direkt auf Hannah zu, nahm ihre Hand in die unverletzte linke Hand und drückte

sie. Eigentlich hat er sie gar nicht begrüßt, sondern irgendwie nur ungläubig angeschaut. Darauf stieß er mir den Ellenbogen in den Oberarm. Es war bestimmt lieb gemeint, aber es tat echt weh. Dann zwinkerte er mir zu und sagte: „Da hat einer aber richtig Glück gehabt. Aber so richtig Glück gehabt, ha?" Ich würde lügen, wenn ich sagen würde, dass mein Papa nicht genauso ungläubig auf Hannah reagiert hatte. Was diese Väter immer nur haben? Hannah lächelte mich schelmisch an und ja, ich hab mit den Augen gerollt.

Dave sagte, wir müssten unbedingt mit zu der restlichen Familie kommen. Er führte uns ein paar hundert Meter weiter. Die Familie war nicht in einem besonderen VIP-Bereich oder an einer Bar im Schatten, sondern lag wie eine ganz normale Familie mitten am Strand, mit ein paar Strandliegen, Handtüchern, Schnorcheln, Flossen, Gummibällen und einem ziemlich frechen, kleinen Spitz namens Tossy. Ich weiß nicht, ob ich etwas anderes erwartet hatte. Eigentlich nicht. Es gab ein großes Hallo, und wir wurden stürmisch begrüßt. Es dauerte ein wenig, bis ich Hannah allen vorgestellt hatte, und bis ich die in der Zwischenzeit neuen Familienmitglieder kennengelernt hatte. Maliks Mutter Anni umarmte mich so lange, dass es mir fast ein bisschen peinlich war.

Den genauen Ablauf kann ich nicht beschreiben, weil der war, wie das bei Familien so ist, ein wenig chaotisch. Also gebe ich einen Überblick über die Familienmitglieder:

Maliks Familie stammt aus Armenien. Sein Vater David (ursprünglich Davith – heute Dave) und sein Onkel Leo (ursprünglich Levon) waren die letzen Überlebenden der Familie und sind aufgrund der zu dieser Zeit vorherrschenden Situation aus dem Land geflohen.

Maliks Mutter Anni (ursprünglich Ani) war die Jungendliebe von Dave. Sie hatte auch keine Familie mehr, aber noch eine Tante in Deutschland. Dave und Anni beschlossen, nach Deutschland zu gehen, während Leo sein Glück in Amerika versuchen wollte.

Es war sehr unüblich für Armenier, nach Deutschland zu gehen. Die Frau, die ich immer für Maliks Oma gehalten habe, war also Annis Tante. Sie nahm die beiden bei sich auf und unterstützte sie, wo sie nur konnte. Leider ist sie ein Jahr vor dem Aufbruch nach Amerika gestorben.

Nachdem Dave und Anni in Deutschland ankamen, machten sie einen Deutschkurs und suchten nach Arbeit. Dave fand eine Stelle als Maschinenschlosser und Anni arbeitete in einer Konservenfabrik. Das Geld war nicht üppig, aber sie konnten gut leben. Anni und Dave heirateten, und nach ein paar Monaten kam Sonja auf die Welt, und ein Jahr später Lilit. Nach zwei Jahren kam Malik, und nochmal zwei Jahre später dann der kleine Moe (eigentlich Movses, aber das sagt keiner mehr).

Maliks Onkel Leo hatte sich in Armenien mit Autos und Motoren beschäftigt und fand eine Anstellung in Los

Angeles als Monteur eines Autohändlers. Eben dieser Autohändler hatte eine schöne Tochter namens Augusta. Maliks Tante. Dass der Vater von Augusta mit dem Schwiegersohn in keiner Weise einverstanden war, lässt sich nicht bestreiten. Er war so erbost, dass er mit den beiden nichts mehr zu tun haben wollte. Weil er seine Tochter aber trotzdem nicht ins Unglück stürzen wollte, gab er ihnen einen Geldbetrag. Mit diesem Geldbetrag kauften sie das Old Station in San Diego. Leo und Augusta bekamen auch einen Sohn namens Sam.

Sam ist ein lustiger Kerl, ein Künstler. Aber leider kein sehr erfolgreicher. Er ist der Augapfel seiner Mutter und hat ein dermaßen großes Maß an Liebe erfahren, dass es fast schon wieder ungesund war. Moe nennt ihn den zu Lebzeiten unerfolgreichsten Maler aller Zeiten (Van Gogh mit eingerechnet). Aber ja, vielleicht ändert sich auch das.

In der Zwischenzeit spricht der Autohändler wieder mit Augusta und Leo. Ziemlich genau, seit sie alle von Maliks Erfolg profitierten.

Sonja und Lilit sind verheiratet und haben jeweils eine Tochter. Susan und Samantha. Leider weiß ich nicht, welche welche ist. Ihre Ehemänner Bob und Will sind sehr ruhige Typen. Beide Zahnärzte in einer Gemeinschaftspraxis. Moe leitet eines von Maliks vielen Hotels und ist verlobt mit einer Hollywoodschönheit, mit, sagen wir, üppigen Rundungen.

Ihre neuronalen Leistungen sind vielleicht nicht so hell wie ihre Haarfarbe, aber dennoch muss Moe jedes Mal breit lächeln, wenn er sie ansieht.

Es wurde ein gemütlicher Nachmittag. Anni schaute mich immer wieder mit großen, feuchten Augen an und schüttelte den Kopf. Und Dave zwinkerte mir immer wieder verschwörerisch zu und schüttelte leicht die Faust auf Brusthöhe. Wir verstanden uns super. Wir gingen ein paar Mal ins Wasser, das wirklich wunderbar angenehm war. Der Wellengang war nicht zu stark. Die Temperatur bei 22 Grad. Am besten verstanden wir uns mit Moe. Malik und ich haben Moe damals oft mitgenommen. Soweit es mir einfiel, war das immer okay. Moe war nicht vorlaut oder frech. Er verhielt sich ruhig und war einfach gerne mit seinem großen Bruder und dessen besten Freund zusammen. Und das schien sich nicht geändert zu haben.

Als der Nachmittag voranschritt, gingen wir mit Moe in eine der Bars, um etwas zu trinken zu holen. Es war Hannah, die ihn fragte, wo eigentlich Malik und Britt steckten. Moe antwortete eher ausweichend und sagte, er könne Malik nicht immer nachvollziehen, aber das müsse man auch nicht. Er sagte: „Ich bin froh, dass es Malik wieder gut geht. Er hatte jetzt ein paar schlechte Jahre." Das erschien uns seltsam. Abgesehen von dem Problem mit der Lunge, von dem Jamling und Eliza gesprochen hatten, war das hier alles doch geradezu wie im Märchen. Allen ging es gut. Geld war kein Problem. Von Maliks Erfolg profitierte die gesamte Familie. Ich teilte Moe meine Gedanken mit, und er lächelte daraufhin schief und nickte mit dem Kopf: „Ja so kann es aussehen. Aber – vielleicht auch zum Glück – sind die Dinge nicht immer so, wie sie scheinen. Malik war schon mal verheiratet." Hannah und ich waren überrascht, aber ich meine, so was kann ja durchaus sein. Ich konnte es in Moes Gesicht lesen, dass er mit sich rang, ob er uns die Geschichte erzählen sollte. Wahrscheinlich sagte er sich, wer gackert, muss auch legen. Also fing er an, uns die Geschichte von Raphael und Mackenzie zu erzählen.

Als Malik in Harvard studierte, lernte er Raphael Soundso kennen. Den Sohn eines Bankers. Obwohl aus guter Familie, war Raphael nicht wie die anderen faulen, verwöhnten Kids der Reichen. Deren Aufnahme und Abschluss durch großzügige Spenden der Eltern finanziert wurde. Er war ebenso fleißig und ehrgeizig wie der Stipendiat Malik. Die beiden waren am Anfang eher Konkurrenten. Moe wusste nicht genau wie, aber es war für ihn wahrscheinlich, dass Raphael sich eingestehen musste, dass er Malik nicht gewachsen war, und daraufhin suchte er Maliks Freundschaft. Malik erzählte Moe, dass ihm die Sache am Anfang gar nicht geheuer war. Sein größter Konkurrent in der Uni wollte auf einmal mit ihm befreundet sein. Jeder wäre da skeptisch gewesen. Vielleicht wollte er ihn nur ausnutzen. Raphael war aber so geschickt, dass er Malik die Wahrheit sagte und ihn auch nicht nach

seinen Aufschrieben fragte. Jedenfalls anfangs nicht.
Als Moes Bruder und der Bankersohn dann richtige
Freunde geworden sind, hat Malik ihm bestimmt ein paar
Mal seine Notizen überlassen. Moe sagte: „So ist mein
Bruder halt. Wenn er jemanden ins Herz geschlossen
hat, dann stellt er ihn auch nicht mehr infrage.‟
Raphael und Malik wurden Freunde, und auch wenn Malik
ein klein wenig geschickter war, war es für beide eine
Ergänzung und eine Wohltat sich auszutauschen. In
Harvard entwickelten sie die Pläne für eine
Hotelkette. Mit dem Abschluss in der Tasche gingen sie
zu Raphaels Vater und baten um einen Kredit. Natürlich
bekamen sie den Kredit. Raphaels Beziehungen und
Maliks Philosophie und Einstellung Geschäfte zu
machen, machten die beiden zu einem unschlagbaren
Team. Sie verdienten so viel Geld miteinander, dass es
einem von den Summen ganz schwindelig werden konnte,
wenn man sie sich als einen Haufen in Onkel Dagoberts
Geldspeicher vorstellen wollte. Hannah und ich sagten,
dass sich das Ganze doch eigentlich genau wie der
amerikanische Traum anhört. Genau, was Malik auch
angestrebt hatte.
Moe lächelte wieder so seltsam und meinte: „Ja, aber
selbst wenn Geld in Beziehungen manchmal keine Rolle
spielt, so kann Konkurrenz oder verletzte Ehre immer
noch in einem Menschen schwelen. Wer weiß schon, was
in Raphael vorgegangen ist. Vielleicht hatte er ja von
Anfang an vor, Malik irgendwann eins auszuwischen.
Aber es lief für die beiden viel zu gut. Warum hätte
er das wegen eines einfachen Racheakts kaputtmachen

sollen? Außerdem, wie hätte er Malik treffen sollen? Uns, Maliks Familie, zu schaden, konnte er nicht. Wir waren nicht an die Geschäfte von Malik gebunden. Malik nutzte seinen Einfluss und unterstütze uns mit Geld. Mit viel Geld. Aber er sagte immer wieder, wir sollten unsere eigenen Sachen machen. Aber wie das Schicksal so spielt, bot sich Raphael auch irgendwann eine Gelegenheit." Eigentlich wollte ich Moe fragen, wie er dann doch in einem von Maliks Hotels gelandet ist, aber ich ließ es bleiben, weil die Geschichte zu spannend war. Moe machte hier eine Pause, schaute in die Ferne und schüttelte leicht den Kopf. Als könne er es bis heute nicht glauben, was er uns gleich erzählen sollte: „Malik hat immer wieder nette Frauen kennengelernt. Er war immer begehrt, aber er war später auch sehr skeptisch, ob Frauen ihn aufgrund seiner Persönlichkeit oder aufgrund seines Erfolgs mochten. Er hat mir mal gesagt, am besten ist es, die richtige Frau kennenzulernen, bevor man in irgendetwas Erfolg hat. Wie auch immer."

Langsam wurde mir klar, in was Raphaels Rache bestanden hatte. Dennoch wollte ich die Geschichte hören: „Malik machte zu dieser Zeit immer wieder undercover Kontrollen in seinen Hotels. Er checkte als ganz normaler Gast ein und überprüfte das Management und den Service sowie die Hotelanlagen. In einem der mittleren Hotels in Charleston (South Carolina) läuft ihm dann Mackenzie über den Weg. Sie war eine einfache Kellnerin. Eine Schönheit vom Land, die in der Stadt ihr Glück versuchen wollte. Ich glaube, was Malik so sicher gemacht hat, war, dass Mackenzie ihn nicht als den großen Hotelchef, sondern als einfachen Gast und dann auch noch ein wenig abschätzig behandelt hat. Jedenfalls verliebte er sich in dieses Mädchen. Und wenn ihr mich fragt, muss sie Maliks wirkliche Identität irgendwann mitbekommen haben, weil sie sonst nicht diese 180-Grad-Wendung gemacht hätte und Malik schließlich doch erhörte. Pah. Später hat sie das immer dargestellt, als hätte Malik ihr Herz mit seiner Hingabe und Zähigkeit erweicht." Moe schüttelte noch mal den Kopf, als er fortfuhr: „Das Beste war aber, dass sie es geschafft hat, dass er sie noch in Charleston, in einer kleinen Kapelle, geheiratet hat. Ohne die Familie. Wie sie das gemacht hat, will ich gar nicht wissen. Er hat dann diese Schlange mit nach Hause gebracht, und auch, wenn sie am Anfang zu allen die liebste und bravste Schwiegertochter und Schwägerin aller Zeiten war, zeigte sich irgendwann doch ihr wahres Naturell. Malik hat sie für ein liebes, unschuldiges und zartes Mädchen gehalten. Das muss man sich mal vorstellen. Das war ein gieriges Biest." Moe griff sich an den Kopf und winkte danach mit der Hand ab. Es fiel ihm sichtlich schwer, nicht aufzustehen und irgendetwas kaputtzumachen. Er atmete tief durch, und fing an sich zu beruhigen. Dann erzählte er uns weiter: „Sie hat überall Zwietracht gesät, wo es nur ging und als Malik dann für zwei Monate nach Asien auf Geschäftsreise gegangen ist, hat Raphael angefangen, sie zu bumsen." Im Grunde hatte ich das erwartet, nach Moes Andeutungen, dennoch ist so etwas schrecklich zu hören. Es hat dann nochmal ein paar Monate gebraucht, bis Malik es herausgefunden hat. Am härtesten fand ich, dass Malik daraufhin ausgezogen ist und Raphael sagte, die geschäftlichen Beziehungen würden bestehen bleiben."

Moe lächelte ein wenig verschlagen und sagte: „Aber Rache ist ein Gericht, das am besten kalt serviert wird. Zwei Jahre hat Malik gebraucht, Raphael aus dem Geschäft zu drängen. Er hat ihm nicht viel gelassen. Als Mackenzie das erkannte, wollte sie reumütig zu Malik zurückkehren. Er hat ihr einfach die Tür vor der Nase zugeschlagen. Er konnte nachweisen, dass sie ihn betrogen hat, und musste somit auch keine Abfindung bezahlen. Anscheinend ist sie wieder als Kellnerin in Charleston. Dennoch hat Malik das alles sehr mitgenommen." Das konnte ich gut verstehen. Eine Erfahrung mit Verrat hatte ich in dieser Form nicht gemacht. Dennoch kam mir das Gefühl sehr vertraut vor. Ob man vom Schicksal oder von den Menschen verraten wird, kann ich nicht sagen. Wahrscheinlich handelt das Schicksal durch die Menschen.

Nach der Geschichte waren wir eine Zeit lang betreten. Dann lächelte Moe und sagte: „Aber jetzt ist alles vorbei, und mein Bruder heiratet bald eine wunderbare, tolle Frau. Lasst uns nicht traurig sein, sondern feiern." Und das taten wir dann auch. Wir gingen wieder zurück zu den anderen. Es waren bereits überall am Strand große dreibeinige Schwenkgrills aufgebaut, auf denen die leckersten Dinge zubereitet wurden.

Es war ein milder Abend, aber wir waren dennoch sehr froh, auf Monsieur Henrys Ratschlag hin warme Sachen mitgenommen zu haben. Manche der Gäste mussten sogar heimfahren, um dann später wärmer angezogen wieder zu kommen.

Ich konnte Moe noch fragen, wie er dann doch in einem von Maliks Hotels gelandet war, und er sagte mir: „Naja, ich hab mich einfach beworben."

Es wurde nicht sehr spät, und als Maliks Eltern aufbrachen, gingen wir auch. Mein Kopf war voll mit Informationen, aber dennoch verstand ich nicht, wo Malik an diesem Tag gewesen war- Oder Britt. Oder Britts Familie.

Unser unbekannter Fahrer brachte uns nach Hause.

5 Dialog

An dieser Stelle möchte ich den Ablauf der Feierlichkeiten kurz unterbrechen. Ich hatte mich lange gefragt, wo Malik und Britt an dem Nachmittag am Strand waren. Während Hannah und ich bei Maliks Familie waren, führten Britt und Malik folgenden Dialog, wie ihn mir Britt danach beschrieben hatte:

„Ich kann das nicht mehr."

„Was kannst du nicht mehr?"

„Das alles. Ich sollte so tun als wäre ich deine Braut. Aber das geht nicht mehr-"

„Wieso denn nicht? Habe ich dich falsch behandelt? Habe ich was Falsches gesagt?"

„Nein."

„Aber was ist es dann?"

„Hast du überhaupt vor, den Menschen die Wahrheit zu sagen?"

„Natürlich habe ich vor, den Menschen die Wahrheit zu sagen."

„Aber wann, Malik?"

„Ich weiß es selbst noch nicht. Ich hatte angenommen, mein Gefühl nennt mir den richtigen Zeitpunkt. Aber momentan bringe ich es noch nicht über's Herz."

„Weißt du, ich bin noch nie jemandem wie dir begegnet. Ich finde es großartig, wer du bist. Was du alles für die Menschen tust."

„Danke. Ich finde dich auch großartig. Vielleicht habe ich dir auch zu viel zugemutet, wenn du das nicht mehr kannst."

„Das ist es nicht, was ich nicht mehr kann."

„Aber was ist es dann, Britt?"

„Es ist ... Es ist ... Bitte lass mich ausreden. Am Anfang war es nur eine geschäftliche Sache. Ich hatte gedacht, deine Braut zu spielen würde mir leicht fallen. Ich dachte, du bist ein sympathischer Kerl und dir hin und wieder einen Kuss geben ist nicht schlimm und dich umarmen fiel mir auch nicht schwer.

Als ich dann erfahren habe, was du alles für die Menschen tust und wie du dich verhältst, da fing etwas in mir an, in dir mehr als nur eine Geschäftsbeziehung zu sehen. Und als ich dann keine Eltern auftreiben konnte, entschloss ich mich, meinen eigenen Eltern zu sagen, dass du mein Verlobter bist. Sogar meiner gesamten Familie. Ich dachte, sie wären zum Schluss einfach ein wenig enttäuscht, aber wenn ich mit dem Geld nach Hause käme, würden sie es schon verstehen. Aber ich tat es nicht wegen des Geldes oder weil ich keine anderen Darsteller hätte auftreiben können, sondern weil ich mir wünsche, dass du wirklich mein Verlobter bist. Ich kann nicht mehr so tun, als wäre mir das alles egal. Ich habe mich in dich verliebt, Malik."

„Aber du weißt doch, wie die Sache ausgeht."

„Ja, ich weiß es, und trotzdem kann ich nicht so tun, als ob ich nichts für dich empfinde."

„Ach Gott, Britt. Glaubst du denn, dass ich die Zeit mit dir nicht unendlich genieße? Spürst du nicht, dass ich dich schon lange richtig küsse? Trotzdem hätte ich mich niemals getraut, dir das zu sagen."

„Das heißt, du liebst mich auch?"

„Ja, aber das heißt nicht, dass das gut ist."

„Willst du mich wirklich heiraten, Malik?"

„Ja. Aber ich hätte davon nicht zu träumen gewagt."

6 Jugendliebe

Der Tag fing an wie die anderen zuvor, mit Philippe Henrys wunderbarem Frühstück auf der Terrasse. Irgendwie kam mir der Gedanke, dass man sich an gute Dinge sehr schnell gewöhnt. Als wir uns ausgiebig gelabt hatten, erzählte uns Monsieur Henry vom geplanten Tagesprogramm.

Es würde am Mittag einen Tanzkurs geben, um die Gäste auf den großen Ball am Abend vorzubereiten. Wer schon länger nicht mehr getanzt hatte, könne einen kleinen Auffrischungskurs machen. Außerdem wären am Nachmittag Kleidungsgeschäfte und Friseure geöffnet.

Ich fragte mich, ob die Idee mit dem Ball von Malik stammte. Mit 16 haben wir diese Veranstaltungen gemieden. Sogar die Überredungskünste unserer Eltern hatten schlicht und einfach versagt, als sie uns beide in der Tanzschule anmelden wollten. Jedenfalls damals. Irgendwann hab ich ja doch einen Tanzkurs gemacht. Mit Hannah. Nach dem AF- und FF-Kurs war dann aber zum Glück Schluss. Mein Gesichtsausdruck war daher so, als hätte ich gerade in eine sehr bittere Grapefruit gebissen, und Hannahs Gesicht war natürlich freudestrahlend, als sie sagte: „Oh, das wird bestimmt super. Und dann heute Abend ein Ball. Das macht bestimmt ganz viel Spaß." Hurra, hurra. Andererseits durfte ich die tollen Autos fahren, warum nicht ein Programmpunkt, bei dem Hannah auf ihre Kosten kommen sollte. Also beschloss ich, ihr diesen Tag nicht mit irgendwelchen kindischen Grummelanfällen zu verderben. Was sich auch als das Allerbeste herausstellen sollte. Wir machten uns fertig und wurden von unserem Fahrer zur Whisky-Abfüllanlage gebracht. Die alte Scheune war mit Parkett ausgelegt, und es waren schon etliche Paare anwesend. Es gab mehrere Tanzlehrer und Tanzlehrerinnen, die parallel verschiedene Tänze unterrichteten. Die Fläche war durch Stellwände in Nischen unterteilt. Um die Musik nicht durcheinanderzubringen, waren die Lautsprecher auch so geschickt ausgerichtet, dass man, wenn man sich in einer der Nischen befand, nur ganz wenig von den anderen Geräuschen und der anderen Musik mitbekam. Wieder einmal außergewöhnlich.

Ich gebe es zu, so schlimm war der Tanzkurs gar nicht. Die anderen Paare stellten sich oft sehr viel ungeschickter an als wir. Das machte einfach Mut. Und andererseits waren die Tanzlehrer klasse. Ein bisschen wie Penny und Johnny in ... – Sie kennen den Film. Jive, Samba und Foxtrott mussten wir gar nicht üben, weil Hannah diese Tänze auch nicht mag. Walzer und Langsamen Walzer finde ich gar nicht schlecht und wurde von einem älteren Herrn unterrichtet, der, wie sollte es anders sein, wieder einmal von Hannah entzückt war und sie in den höchsten Tönen lobte. Discofox unterrichtete eine kleine stämmige Frau, die aber so was von aufgedreht war, dass mir allein vom Zusehen schwindelig wurde. Der Tango-Lehrer war zwar der perfekte Latinlover-Verschnitt, aber zur allgemeinen Beruhigung der Männer vom anderen Ufer. Der Höhepunkt aber war die Cha-Cha-Cha- und Rumba-Tanzlehrerin Maria. Eine junge Puerto Ricanerin, die sich einfach nur sagenhaft bewegte. Und das Beste war, ich schien ihr zu gefallen. Sie führte sogar manche Figuren gemeinsam mit mir vor, und das ging Hannah gegen den Strich. Sie wurde tatsächlich eifersüchtig. Die Tanzlehrerin war wirklich sehr hübsch und flirtete mit mir. Hihi.

Und als Hannah dann nach ein paar Tänzen patzig sagte „Lass uns gehen. So oft tanzen wir Cha-Cha-Cha eh nicht", war das ein riesengroßes Kompliment. An dieser Stelle ein Gruß an meinen und Maliks Vater. Meine wundervolle Frau konnte wegen mir eifersüchtig sein. Wegen mir.

Wenn ihr jetzt allerdings glaubt, dass ich den restlichen Nachmittag damit zugebracht habe, Hannah meine ewige Liebe und Treue zu versichern und wir uns dann nach einem langen Nachmittag der Patzigkeit in die Arme gefallen sind, habt ihr euch schwer getäuscht. 15 Minuten später lief Hannah wieder auf Normaltemperatur. Sie lächelte mich an und sagte: „Das hat dir gefallen, stimmt's?" Ich nickte und schaute sie mit großen Augen an. Danach lachte sie richtig. Sie sagte, sie lachte über sich selbst, aber vielleicht ein klein wenig auch, weil ich wirklich ein Glückspilz bin und sie das weiß.

Wir fuhren direkt in den Dorfkern und waren vom Menschauflauf wieder einmal erstaunt. Überall liefen Menschen mit Tüten und frisch frisierten Häuptern herum. Wir suchten nach dem Café Dafur und fanden es auch. Bei einer Latte Macchiato und einer großen Tasse schwarzem Kaffee fragten wir den Kellner, ob noch andere Bekleidungsgeschäfte und Friseure geöffnet hätten, und er verwies uns an zwei kleinere Geschäfte drei Straßen weiter. Hier gab es keinen Trubel, und das war, was wir suchten. Wir hielten uns fast zwei Stunden in diesem kleinen Gässchen auf. Hin und wieder verirrten sich noch ein paar andere Gäste in die Läden, aber eigentlich waren wir sehr ungestört. Hannah suchte sich ein wunderschönes, dunkles Abendkleid mit den passenden Schuhen und der passenden Handtasche heraus. Damit gingen wir zum Friseur, und der entwarf die zugehörige Frisur für Hannah. Für mich gab es einen dunklen Anzug, ein weißes Hemd und Fliege. Fertig ist der Mann. Als es an unserem Äußeren nichts mehr zu ändern gab, rief der Friseur Monsieur Paradu an, der unseren Chauffeur direkt vor den Laden dirigierte. Für alle diese Annehmlichkeiten zahlten wir wieder keinen Cent. Hannah und ich gaben aber immer Trinkgeld.

Bei Monsieur Henry angekommen, hatten wir noch genügend Zeit, uns ein wenig hinzulegen. Der Ball sollte erst gegen 21 Uhr beginnen. Philippe Henry weckte uns pünktlich und servierte uns ein leckeres Abendessen. Es war ein etwas öliges Fischgericht. Er bemerkte, dass man eine gute Grundlage brauche für einen Ball und all die Getränke. Das Öl umschließe den Magen. Wir machten uns fein, und als Überraschung hatte er noch ein Blumengebinde für Hannah. Als wir dann fertig waren, stellten wir uns im Garten auf, und er machte ein Foto von uns. Ich glaube, so fühlen sich die 16-Jährigen beim Abschlussball. Vielleicht hätte Malik und mir das ja doch gefallen.

Die Fahrt dauerte nicht sehr lange. Für den Ball hatte Malik eine Freilufthalle über eine große Wiese spannen lassen. Wieder mit einem amerikanischen Parkplatz, Rettungszelt und Sanitätern. Einer Kiesauffahrt mit Springbrunnen. Die Freilufthalle war nach oben hin gewölbt. Sie wurde umgeben von zahlreichen kleineren Pavillons, in denen Bars und Lounge-Möbel standen. In der Halle war eine sehr große Bühne aufgebaut, und an den Ecken der Halle waren Lichtsäulen angebracht, welche jedes gewünschte Licht erzeugen konnten. Die sanitären Einrichtungen waren bestimmt fahrbare Kabinen, aber das merkte man nicht. An jeder Ecke standen Servicekräfte mit Sektgläsern oder Desinfektionstüchern. Es war alles luxuriös und aufeinander abgestimmt. An den Rändern zwischen den Pavillons waren Blumenbeete angelegt und mit Fackeln beleuchtet. Und wo man nur hinschaute, standen und tanzten feierlich angezogene, elegante Menschen. Über dieses Bild konnte man wirklich nur staunen. Ich denke, dass es den meisten Menschen so ging.

Malik erkannten wir dieses Mal schon von Weitem. Britt und er tanzten ausgelassen in der Mitte der Tanzfläche, von vielen Gästen umringt. Wir würden ihn sicherlich später sehen.

Mit dem am Eingang gereichten Secco Noir schlenderten wir gemütlich zu einem Lounge-Bereich. Außerdem spielte die Band einen Song von – oh, von sich selbst. Aber uns war noch nicht danach. An der Bar saß eine Frau mit dunklen Haaren. Sie schaute in unsere Richtung. Als wir uns ansahen, verweilten unsere Blicke länger beieinander als gewöhnlich. Hannah schaute mich an und fragte: „Kennt ihr euch?" Ich sagte: „Kann gut sein, hab aber gerade keine Ahnung, wo ich sie hintun soll." „Dann geh doch einfach hin und frag sie." Also tat ich das auch. Ich fragte sie ein wenig schüchtern: „Entschuldigung, kennen wir uns?" In diesem Moment machte es bei ihr Klick. Meine Dampfmaschine brauchte leider noch eine Umdrehung. Sie lächelte breit und sagte: „Na, Sebastian, wer bin ich?" Aber da erkannte ich ihre Stimme auch. Es war Anja.

Während ich Anja und Hannah einander vorstellte und zu meinem Leidwesen feststellen musste, dass sich die beiden auf Anhieb verstanden und es auch nicht lange brauchte, bis Anja peinliche Details aus meinen Teenagerjahren an Hannah weitergab und meine Frau daraufhin immer wieder gluckste – Details, die zu der Geschichte wirklich nichts beitragen –, kann ich euch von Anja erzählen.

Anja war mit Malik und mir in die Schule gegangen. Sie war zwei Jahre älter als wir und schon damals eine Schönheit. Aber eine Schönheit mit Köpfchen. Malik hatte sich mit vierzehn richtig in sie verliebt. Abgesehen von Autos war Anja damals ein sehr großes Thema gewesen.

Tja, wie grausam zwei Jahre Altersunterschied in der Pubertät sind, kann jeder sagen, der sich schon mal damit auseinandersetzen musste. Malik war mutig. Er ging offensiv auf sie zu. Er umwarb sie höflich, aber leidenschaftlich. Auf Gekicher von Anjas Mitschülerinnen reagierte er gar nicht. Das perlte einfach an ihm ab. Am Anfang war Anja unsicher und wusste nicht genau, wie sie auf die offen zur Schau gestellte Zuneigung Maliks reagieren sollte. Aber das brauchte nicht lang. Sie begriff schnell, dass er ein außergewöhnlicher Junge war, und er sah auch nicht schlecht aus. Bis auf die Nase. Malik half ihr sogar dabei, Häusermodelle zu bauen, weil sie schon damals davon träumte, Architektin zu werden. All das schmeichelte ihr, und bald waren ihre Freundinnen eher neidisch.

Leider war es dennoch sehr einseitig. Sie erhörte sein langes Werben nicht, wahrscheinlich aus Teenagergründen und nicht, weil sie ihn nicht mochte. Woher ich das weiß? Weil Malik mit mir damals vereinbart hatte, dass Anja nichts davon erfahren sollte, dass er nach Amerika ging. Er war einfach eines Tages weg. Ein cooler Abgang, oder? Als Anja das gleich am ersten Schultag bemerkte, kam sie direkt auf mich zu und fragte nach ihm. Ich sagte ihr, dass er weg sei und nicht mehr wiederkomme. Ich hatte einen Brief für sie.

Ich weiß nicht, ob es der Brief war oder die grausame Lehre des Lebens, dass wir uns des Werts einer Sache erst bewusst werden, wenn wir sie verloren haben. Jedenfalls lauerte mir Anja im ersten Jahr nach Maliks Abreise überall auf, um über ihn zu sprechen. Das Problem war, ich wollte gar nicht über ihn sprechen. Irgendwann gab ich ihr einfach Maliks Adresse in Amerika, ohne ihn zu fragen. Von da an ließ sie mich in Ruhe.

Auch um Anjas und Hannahs heiteres Gespräch zu unterbrechen, fragte ich Anja, was aus ihrem Traum, Architektin zu werden, geworden ist. Sie fing an zu erzählen. Noch mit einem von Maliks gebastelten Modellen bewarb sie sich an der ETH Zürich und wurde genommen. Sie erzählte viel von Tragekonstruktionen und ihrem sechsmonatigen Praktikum bei einem großen Architekturbüro. Sie erreichte auch den Doktorgrad in Architektur. Nach zahlreichen Aufenthalten in den größten Architekturbüros Amerikas und Europas ist sie nun freischaffende Architektin und wird von verschiedenen Büros für spezielle Aufträge gebucht. Ihr Ruf ist außerordentlich gut. Das alles sagte sie ohne Überheblichkeit, sondern in einer Art und Weise, die einfach beschreibt, wie es ist.

Die darauffolgende Beschreibung der Anwaltstätigkeit übernahm Hannah. Wo sie sich doch schon so gut mit ihrer Busenfreundin verstand.

Interessant wurde es wieder, als Anja von ihrer Anreise berichtete: „Als du mir damals seine Adresse gegeben hast, war ich hin- und hergerissen, ob ich mich melden sollte oder nicht. Ich war damals echt bescheuert und hab mich nicht getraut. Wenn ich ihn heute sehe, könnte ich mir immer noch mit Anlauf in den Arsch treten." Dabei schüttelte sie den Kopf und guckte sehr betrübt. In diesem Moment tat sie mir leid, weil wir das Leben zwar vorwärts leben, aber rückwärts verstehen. Und am meisten die Situationen bereuen, in denen wir uns nicht getraut haben oder uns selbst mit unseren vermeintlichen Meinungen anderer im Weg stehen.

„Vor einem Jahr erhielt ich dann die Einladung zu seiner Hochzeit. Im ersten Moment wusste ich gar nicht, wohin mit dem Namen. Aber dann fiel mir alles wieder ein. Erst hatte ich eine Scheißwut auf ihn, weil er heiraten würde, und dann auf mich." Wow, das war ehrlich.

„Ich brauchte ein wenig, bis ich verstand, welch großartiges Geschenk Malik im Begriff war, mir zu machen. Er ließ mich das Modell von der Siedlung bauen, das wir noch gemeinsam entworfen hatten. Es ist eine Vorortsiedlung in München. Sie ist wunderschön geworden. Ich brauchte das ganze Jahr dafür. Ihr wisst nicht, wie es für einen Architekten ist, genau das zu bauen, was einem ganz persönlich vorschwebt. Klar fließt unsere Persönlichkeit in unsere Entwürfe ein, aber im Grunde richtet man sich immer nach den Wünschen der Auftraggeber. Und hier war der Auftrag, den eigenen Traum umzusetzen." Anjas Gesichtsausdruck war nun selig.

Hannah und ich schauten uns an. Wie viele wunderschöne Gedanken hatte sich Malik gemacht und wie viele Träume hatte dieser Mensch erfüllt?

Außerdem erhielt ich noch eine Antwort auf die Frage, woher Malik die Idee mit dem Ball gehabt hat. Anja hatte ihn damals fragen wollen, ob er mit ihr zu ihrem Abschlussball gehen wollte, hatte sich aber auch da nicht getraut. Aber was den heutigen Abend anbelangt, war sie Maliks Abschlussballpartnerin. Sie hatten sich vorher sogar zu einem gemeinsamen Foto aufgestellt. Britt sei nicht eifersüchtig gewesen.

Danach gingen wir zu dritt rüber zu Malik und Britt. Malik wirkte ein wenig blass, aber wahrscheinlich kam das vom vielen Tanzen. Da seht ihr mal.

Wir tanzten den ganzen Abend und tranken dazwischen Longdrinks. Wir hatten wirklich viel Spaß. Es war fast vier Uhr morgens, als wir den Ball verließen. Hannah hatte ihre Schuhe da schon lange ausgezogen.

7 Polterabend

„Heute wird es kreativ." Mit diesen Worten begrüßte
uns Philippe Henry am Morgen, als wir die Treppe
herunterkamen. Er war schon seit dem ersten Tag dazu
übergegangen, den Tagesablauf bereits vor uns zu
lesen, hatte uns das aber erst vor zwei Tagen
gestanden. Seine Neugierde sei seine schlimmste
Eigenschaft. Wir fanden es einfach nur amüsant. Er
wollte immer gleich den Bericht vom letzten Abend
hören. Ich glaube, er hat die Rolle als Beobachter
dieser Feierlichkeiten sehr genossen.
Während wir frühstückten, schilderten wir ihm den
letzten Abend. Dann fing er an uns zu erzählen, was am
heutigen Tag das Programm sei. Morgen wäre die
Hochzeit, und damit standen heute der Polterabend und
die Junggesellenabschiede auf dem Programm. Heute
Mittag aber sollten sich die Gäste eine Szene
einfallen lassen, die Malik und Britt an gemeinsame
Erlebnisse erinnern sollte. Ein Künstler, den Malik
unterstützt hat, hatte diese Idee. Er würde Fotos von
den Szenen machen und sie anschließend in Porträts
umsetzen, die er den beiden schenken wolle. Da es
Gäste gibt, die wegen Malik gekommen sind, sollen sie
sich ruhig Szenen über Malik ausdenken, und da es
Gäste gibt, die wegen Britt gekommen sind, sollen
diese sich Szenen über Britt ausdenken.
Mit den Fotos würde schon um zwölf Uhr auf dem
Marktplatz angefangen. Es war schon elf Uhr. Außerdem
sagte uns Monsieur Henry, würde es wahrscheinlich im

Anschluss gleich in den Polterabend übergehen, und wir sollten daher lange Klamotten mitnehmen. Er war die Fürsorge in Person. Aber so lästig mir damals meine Mutter mit diesen Hinweisen war „Du gehst so nicht aus dem Haus. Du wirst Dich erkälten. Und wenn Du dann krank bist, dann kümmere ich mich nicht um Dich", natürlich hat sie sich dann trotzdem um mich gekümmert. Und irgendwann habe ich einfach auf sie gehört. Jedenfalls, so lästig es mir damals war, so amüsant fand ich es bei Monsieur Henry. Ich stellte ihn mir sogar kurz in den Kleidern meiner Mutter vor.

Nach einer schnellen Morgentoilette und noch schnellerem Anziehen fuhren wir zum Markplatz. Es war wieder diese Bienenstock-Atmosphäre. Überall wuselte es. Monsieur Paradu war mittendrin. Er koordinierte und dirigierte seine Angestellten wie ein großer Komponist sein eigenes Werk. Als er uns sah, kam er direkt auf uns zu. Und sagte schon von Weitem: „Oh, sehr gut. Sehr gut. Sehr gut. Sie beide sind in dreißig Minuten mit dem Foto dran. Benötigen Sie noch ein paar bestimmte Requisiten?" Hannah und ich hatten uns noch während des Frühstücks, im Bad und auf der Fahrt unsere Gedanken gemacht. Wir sagten dem Concierge unseren Wunsch. Ich dachte, dass es vielleicht ein Problem sein könnte. Aber weit gefehlt. Er lächelte nur und sagte: „Pas de problem."
Da wir in einer halben Stunde an der Reihe waren, scheuchte uns Monsieur Paradu schon jetzt in die Mitte vom Marktplatz. Um einen kleinen Platz waren

zahlreiche Lichter aufgebaut. Es gab die unterschiedlichsten Leinwände. Auf der einen Seite war ein ganzes Heer an Menschen mit Requisiten beschäftigt, und auf der anderen Seite standen Schminktische und Kleiderständer. Umgeben von Schneidern und Coiffeuren, Stylisten und sonstigen „-isten".

Malik und Britt stellten gerade eine Garten-Party mit einem mir unbekannten jungen Paar nach. Da das gesamte Spektakel erst angefangen hatte, wirkten die beiden noch sehr frisch. Malik wirkte an diesem Tag besonders schlank. Aber vor der Hochzeit nimmt man ja bekanntlich ab. Oder er musste in einen sündhaft teuren Armani-Anzug passen. Und die Italiener schneidern doch so eng. Noch während die Fotos gemacht wurden, winkte ich Malik schelmisch lächelnd zu. Er verdrehte die Augen und lächelte zurück. Super, dieses Foto musste noch mal gemacht werden. Als der Fotograf sich nach mir umdrehte, schaute ich demonstrativ in die Luft und tat so, als ob es heute einige außerordentlich interessante Wolkengebilde gäbe. Leider war der Himmel komplett blau.

Nachdem das Foto doch noch gelungen war und sich die beiden für die nächste Szene umziehen mussten, winkte mich der Fotograf heran. Ich schilderte ihm, was wir vorhatten, und er verteilte knappe Anweisungen an sein Team. Sofort wurde ich von einer kleinen Stylistin gepackt, in einen Blaumann gesteckt und mit dunkler Theaterschminke, die Schmieröl darstellen sollte, veredelt. Ich bekam einen Schraubenschlüssel in die

Hand und sollte warten. Hannah fand das alles irre komisch. Sie sagte, mein verdutztes Gesicht, als mich diese kleine Person hinter sich hergezogen hatte, war klasse. Hannah wurde von einem sehr höflichen Mann nur mit ein wenig Puder abgetupft.

In der Zwischenzeit gab es noch eine andere Szene, mit Malik, Britt und einem älteren Paar, die in einem Ballonkorb standen und mit Sekt anstießen. Da die beiden nach dem Foto Britt liebevoll in die Arme nahmen und auf die Wange küssten und der Mann Malik freundschaftlich auf die Schulter klopfte, schloss ich daraus, dass es Britts Eltern waren.

Nach diesen Fotos wurde Malik in die Maske befördert und bekam auch einen Blaumann, Schmieröl und einen Schraubenschlüssel. Ein weißes Leintuch wurde mit Öl übergossen und dann von einem sehr erfahrenen Requisiteur auf alt getrimmt. Er knüllte es einfach wild zusammen und schlug es mehrfach auf den Boden. Danach wurde es in der Mitte ausgebreitet, und zwei alte Mofas wurden rechts und links darauf geschoben. Malik und ich legten uns vor die Mofas und taten so, als ob wir an ihnen herumschrauben würden. Dabei schauten wir träumerisch in die Luft. Zack. Foto im Kasten. Danach zogen wir unsere normalen Sachen und Sonnenbrillen an. Es gab ein Foto mit Malik und Britt auf dem Mofa und eins mit Hannah und mir auf dem anderen. Im Hintergrund wurde eine Leinwand aufgebaut, die eine Landstraße zeigte. Ein sehr großer Ventilator ließ sogar unsere Haare im Wind wehen. Zum Schluss sollten die Fotos so arrangiert werden, dass die Fotos, auf denen wir fuhren, in Gedankenblasen über das Foto, an dem wir an den Mofas bastelten, montiert wurden. Computer und das passende Bildbearbeitungsprogramm machten dies schon nach wenigen Minuten möglich. Malik, Britt, Hannah und ich mussten dabei herzlich lachen, und Malik umarmte mich fest.

Danach riet er uns, auf der erhöhten Terrasse des großen Marktplatz-Cafés Platz zu nehmen und zuzuschauen, was Malik und Britt alles über sich ergehen lassen sollten. Das taten wir auch. Bei einem Cappuccino und einer Tasse schwarzem Kaffee und viel Mineralwasser, weil es immer noch sehr heiß war, genossen wir den Anblick.

Es gab unzählige Motive. Darunter waren zahlreiche Party-Abende, Cocktail-Abende, Abendessen und Geschäftsverhandlungen. Zum Glück brachte Monsieur Paradu das Kunststück fertig, die Unkreativen in eine Reihe zu bringen, damit Britt und Malik sich nicht immer umziehen mussten.

In Britt und Maliks Nähe war immer ein Mann mit einem hellen Anzug, der immer einen Koffer in seiner Hand hatte. Er beobachtete die beiden sehr genau, verhielt sich aber unauffällig. Für einen Leibwächter wirkte er klein.

Von der Ballonfahrt hatte ich schon erzählt. Schön waren Fußball spielen und Golfen – dabei ist jeweils eine Leuchte kaputt gegangen. Schach und Tee trinken waren wieder so lala. Da war Zigarrenrauchen in einer Herren-Lounge interessanter. Echt cool waren dagegen Bungee-Jumping, Fallschirmspringen, Segelfliegen, Segeln, Surfen, Wasserski und Polo.

Anja stellte eine Szene mit Malik nach, an der die beiden an einem Architekturmodell bastelten, die Familie den Tag am Strand (es wurde ne Menge Sand verstreut. Vielleicht wäre es schneller gewesen, am Strand ein Foto zu machen.), Jamling und Eliza eine Wanderung und Kenny eine Küchenszene.

Die Jungs stellten eine Bildfolge aus drei Fotos dar: Das erste Foto zeigt Mike, Sonny, Joe und Malik, wie sie in Fan-Klamotten aus einem Stadion gestürmt kommen. Mit Bierbechern in der Hand und hochroten Köpfen, und Mike klaut noch einem Kind, das im Kinderwagen sitzt, einen Lutscher.

Das zweite Foto wurde erst am Abend unter dem Stichwort Junggesellenabschied gemacht. Mike versicherte dem Fotografen, dass er es unter allen Umständen bekommen würde.

Das dritte Foto zeigt die vier am nächsten Morgen. Mike, Sonny und Joe stehen in Bademänteln mit zusammengekniffenen Augen da, während sie eine Brauseflüssigkeit trinken. Malik steht im Anzug daneben und bindet sich vor einem Spiegel die Fliege.

Was soll ich sagen, für das dritte Foto hätten sie den Fotografen auch nicht gebraucht. Aber dazu später.

Trotz unzähliger, ähnlicher Motive, dauerte der Fototermin den ganzen Nachmittag. Britt und Malik schauten sich liebevoll, gegenseitig bedauernd, an.

Als dann wirklich das letzte Foto gemacht war, ging mitten auf dem Marktplatz eine Rakete in die Luft, und wieder eine, und wieder eine. Aus Lautsprechern ertönte „La donna é mobile" aus Verdis Oper Rigoletto. Ein Tenor stand auf dem Marktplatz und sang. Jetzt erkannten wir auch, dass das Feuerwerk darauf abgestimmt war.

Die Bienen flogen wieder aus. Überall auf dem Marktplatz fing es an zu wuseln. Innerhalb weniger Minuten verwandelte sich die Szene von einem Fotostudio in eine – wie soll ich sagen – mittelalterliche Festung. In Windeseile wurden auf dem Marktplatz zu beiden Seiten Logen aufgebaut. Die eine erhöht mit Sitzplätzen, die andere zum Stehen. Fünf junge Frauen rannten auf Britt zu und setzten ihr eine Prinzessinnen-Krone auf. Die Jungs rannten auf Malik zu und setzten ihm eine Narrenkappe auf. Britt wurde in eine eigene Loge gesetzt, von ihren Brautjungfern umgeben, an deren Seite eine Drachenskulptur zum Vorschein kam. Dafür wurden auf dem Platz verschiedene Stationen aufgebaut, und ich ahnte schon Schlimmes für Malik. Ich beschloss, zu ihm zu gehen und ihn moralisch zu unterstützen. Hannah dagegen beschloss, zu den anderen Frauen zu gehen. Diese wurden in die eine Loge gelotst, die erhöht war und auf der es Sitzplätze gab. Die Männer auf die andere Seite in die Stehplatz-Loge. Typisch.

Als ich unten ankam, lachte Mike schon Tränen. Sonny nahm ein Mikrofon in die Hand, und fing an die Situation zu moderieren. Malik müsse verschiedene Aufgaben erfüllen, um die holde Prinzessin aus den Fängen des Porzellan speienden Drachen zu befreien. Für jeden Fehler, den Malik mache, werde der Drache Porzellan speien, das Britt und Malik im Anschluss aufkehren müssten. Mike raunte mir zu: „Wir wollten eigentlich die Schwiegermutter verpflichten, aber das schafft vielleicht die falsche Atmosphäre." Er japste weiter: „Er hat uns für den heutigen Abend komplett freie Hand gegeben. Das hat er jetzt davon. Oh Gott, der Arme."

Sonny erklärte außerdem, dass Malik sich von seinem gesamten Freundesheer – also durch die Männer –, bei den Aufgaben unterstützen lassen dürfe. Aber von jedem nur einmal.

Während mir Mike noch erklärte, dass der Drache im Inneren ein Gepäckbeförderungsband sei, um das sie eine Drachenskulptur modelliert haben, spuckte der Drache schon das erste Waschbecken aus. Joe stände an dem Gepäckband mit einer Lastwagenladung Porzellan und lege mit diebischer Freude Waschbecken, Teller, Tassen, sogar ganze Kloschüsseln auf das Band. Der Auswurfbereich des Drachen war aber umzäunt, sodass keine Bruchstücke oder Splitter auf den Turnierplatz oder auf Menschen fliegen konnten.

Malik schaute mich an. Sein schicksalsergebener Gesichtsausdruck schien zu sagen: „Na dann muss es wohl sein." Ich stellte mich unaufgefordert an seine Seite, und er nickte mir kurz zu.

Sonny kommentierte das gesamte Geschehen. Er gab einen kurzen Überblick über die Aufgaben, und Malik fing an, sich seine Unterstützer auszusuchen. Wir waren bestimmt um die fünfzig Leute.

Der Kampf um die Prinzessin fing damit an, dass Malik die Mauer der Drachenfestung überwinden sollte. Er musste eine sechs Meter hohe, glatte Mauer mit bloßen Händen erklimmen. Malik entschied sich für Moe. Moe dirigierte sofort zehn sehr sportliche Helfer auf die Mauer zu, und gemeinsam bildeten sie eine Art Pyramide aus Räuberleitern, auf die Malik klettern konnte. Malik bekam einen Klettergurt an und wurde gesichert. Sechs Meter hören sich nicht so viel an, aber stellt mal drei erwachsene Männer aufeinander und lasst dann noch einen anderen an ihnen heraufklettern. Dazu immer noch Sonnys Kommentare wie: „Puuhhh. Das war knapp. Beinahe wäre der Narr schon am ersten Hindernis gescheitert." Malik schaffte es aber, und die Zuschauer applaudierten eifrig. Britt winkte ihrem tapferen Helden mit einem großen weißen Seidentuch zu. Es war eine tolle Atmosphäre.

Danach verkündete Sonny fröhlich, dass Malik nun den höchsten Turm der Drachenfestung besteigen solle. Oben sei ein Adlernest, und aus dessen Nest solle er eine Feder entwenden. Diese werde benötigt, um den Drachen später zu kitzeln. Im Klartext, er musste eine cirka zehn Meter hohe Kletterwand besteigen, mit senkrechten und überhängenden Winkeln (über neunzig Grad).

Er schaute nur kurz zu seinen Anhängern, und schon war klar, wer ihm bei dieser Aufgabe helfen würde. Jamling lief schon nach vorne. Malik zog noch Kletterfinken an, band Tape um zwei Finger und schnallte sich einen Magnesiasack an. Er bestieg die Wand, und Jamling sicherte ihn an der Top Rope (Hab ich mir sagen lassen). Trotz des hohen Schwierigkeitsgrades war Malik äußerst souverän. Einmal musste er sich nach oben schwingen, weil die Entfernung zum nächsten Griff zu groß war, aber auch das löste er eindrucksvoll. Die Menge brach in Jubel aus.

Bei der nächsten Aufgabe, die Verteidiger des Drachens zu überwinden, wurden alle übrigen Helfer eingesetzt, bis auf den Fotografen und mich. Ich glaube, er hieß Jacques. Jedenfalls mussten die Helfer für Malik Wasserzuleitungen in einen großen Tunnel dicht halten, damit er sich an den Drachen anschleichen konnte. Als Malik dann durch den Tunnel gekommen ist und die Menge schon applaudierte, fing der Drache an, eine Menge Porzellan zu speien, und Sonny rief: „Oh schade, der Drache hat ihn entdeckt. Wahrscheinlich war er zu laut, oder waren es die Zuschauer?" Es herrschte sofort betretendes Schweigen. „Um dem Zorn des Drachen zu entgehen, muss Malik nun ein Kunstwerk erschaffen, das den Drachen ablenkt." Das war Jacques Auftritt. Gemeinsam malten sie ein Bild von einem weiblichen

Drachen mit üppigen Rundungen und einem schmachtenden Gesichtsausdruck.

Das fertige Bild wurde auf eine Leinwand vor dem Drachen projiziert, und auch wenn viele der Zuschauer sehr lachen mussten, fingen sie nicht mehr an zu klatschen.

Bei der letzten Aufgabe musste sich Malik nun Mut antrinken, um den Drachen zu kitzeln und seine Prinzessin zu befreien. Nun kam ich ins Spiel. Gemeinsam leerten wir unter den Augen der Menge zwei Krüge Wein, während im Hintergrund Mike den Song „Sieben Fässer Wein" einspielte und das Publikum zum Schunkeln animierte. In diesem Lied geht es darum, dass ein Bräutigam seinen Hochzeitstermin versäumt, weil er zu viel Wein trinkt.

Im Anschluss und unter lautem Applaus kitzelte Malik mit der Adlerfeder den Drachen, der spie noch eine letzte Kaffeetasse aus und fiel dann in sich zusammen. Dann endlich durfte er die Loge von Britt besteigen und seine Prinzessin in die Arme schließen. Britt standen Tränen in den Augen. Ich weiß nicht, wieso, aber irgendwie wirkten sie auch traurig auf mich.

Aber auch das war schnell vergessen, weil Sonny nun die gemeinsame Kehraktion ins Spiel brachte. Wenigstens hatten es die Jungs mit dem Aufkehren des Porzellans gut gemeint. Malik und Britt bekamen eine Kehrmaschine zur Verfügung gestellt. Malik fuhr, und

Britt saß hinter ihm und schloss ihn fest in die Arme. Innerhalb von zehn Minuten waren alle Bruchstücke zusammengekehrt. Während Sonny bei seiner letzten Durchsage noch darauf hinwies, dass die Hochzeit am nächsten Tag erst um 15 Uhr stattfinden würde, sodass man es heute richtig krachen lassen könne, kam Joe auch rüber zu uns. Er war der einzige, der am Anfang noch ein wenig mürrisch war. Er sagte, Malik habe so wenig Fehler gemacht, dass er nicht mal zu den Kloschüsseln gekommen sei. Das allermeiste Porzellan stehe noch hinten rum.

Wir konnten seinen Unmut verstehen. Aber wir hatten nicht viel Zeit ihn zu bedauern, weil schon wieder alles umgebaut wurde. Es traten wie zuvor viele unsichtbare Helfer auf den Plan. Der Platz wurde zu einem Rummel. Wo man hinsah, bewegten sich Schausteller, Akrobaten und Jongleure. Zelte wurden aufgestellt, und Schilder priesen Heilwasser an und Wahrsager lockten die Menschen mit den wildesten Versprechen in die Zelte. Die Menschen bekamen einfache Umhänge übergestreift. Die kleinen Cafés und Kneipen des Dorfes hatten alle geöffnet und waren mittelalterlich eingerichtet. Überall gab es gebratenes Fleisch, und Mundschenke und Spielleute liefen herum. Maliks Narrenkappe wurde auch gegen eine kleine Krone getauscht, und die beiden mussten von Kneipe zu Kneipe ziehen, und sich bejubeln lassen und mit den Menschen gemeinsam etwas trinken.

Ich selbst war von dem Wein bei der Aufgabe ja schon beschwipst, aber meine Liebste ließ mich in diesem Zustand zum Glück nicht allein. Es war diesmal nicht so spät, als wir nach Hause kamen und selig lächelnd ins Bett fielen.

8 Hochzeit

Nach dem rauschenden Fest war es eine Wohltat,
ausschlafen zu dürfen. Aber ewig blieben wir auch
nicht in der Falle, weil es an diesem Tag dennoch eine
Menge zu erledigen gab. Malik und Britt würden direkt
im Anschluss an die Hochzeit in die Flitterwochen
aufbrechen, und wir würden uns nach einem kurzen
Imbiss auf den Nachhauseweg machen.

Es standen also eine Menge Verabschiedungen bevor.
Angefangen mit Monsieur Henry, der uns so liebevoll
umsorgt und versorgt hatte. Hannah konnte ihn dazu
überreden, sich beim Frühstück zu uns zu setzen. Wir
verbrachten noch ein paar schöne Stunden miteinander
und machten ein gemeinsames Foto mit Selbstauslöser
von uns dreien. Es hängt neben dem Foto mit den
Schumachers und Herrn Söhnlein.

Er half uns, unsere Sachen zu verstauen, und wir
nahmen endlich unser Geschenk für Malik und Britt aus
dem Koffer. Ich glaube, ein Foto von Malik und mir aus
der Schulzeit, das Hannah meiner Mutter abgeschwatzt
hatte, in einem Rahmen aus Sterling Silber ging schon
in Ordnung. Mit etwas Materiellem hätten wir uns nur
unwohl gefühlt. Es war so viel, dass es nicht mehr
wichtig war.

Wir zogen unser Hochzeitsoutfit an. Hannah hatte ein
wunderschönes langes, hellblaues Sommerkleid und ich

einen hellen Anzug. Und den zum Kleid passenden Schlips.

Diesmal stand nicht der JEEP vor unserer Tür, sondern wieder Benedikt in dem Maybach, der unsere Sachen entgegen nahm und uns freudig anblickte.

Nachdem Hannah Philippe Henry geküsst hatte und ich ihm kräftig die Hand drückte, brachte uns Benedikt auf den Marktplatz. Dieser war über und über mit Blumengestecken bedeckt, und auf dem Marktplatz waren schon Tafeln für den anschließenden Imbiss bereitgestellt.

Benedikt gab uns einen Pieper. Er sagte, er dürfe hier nicht lange stehen, aber sobald wir auf den Pieper drückten, würde er uns abholen kommen.

Malik hatte die Dorfkirche, die schon eine beeindruckende Größe hatte, noch erweitern lassen, sodass die gesamte Gesellschaft hineinpasste.

Hannah und ich schauten uns in die Augen und atmeten einmal tief durch, bevor wir auf die Kirche zugingen. Aus jeder Ecke des Marktplatzes kamen Menschen. Und wieder einmal standen die Sanitäter mit ihrem Rettungszelt da.

Als wir in die Kirche eintraten, erfasste uns eine so freudige, ausgelassene und erwartungsvolle Stimmung, wie ich sie bisher noch nie erlebt hatte. Die ganze Gesellschaft war gespannt, aber dennoch entspannt. Es war reine Elektrizität. Mir wurde klar, dass die vergangenen Tage und die erfüllten Wünsche einzig und allein diesem Zweck bestimmt waren, die Menschen soweit herunterkommen zu lassen und zu entspannen, um diesen Tag mit vollem Bewusstsein und Hingabe genießen zu können. Die Menschen waren ihrem Alltag völlig entrückt und konnten sich diesem Ereignis in ihrer Gesamtheit hingeben. Wie groß war doch der Unterschied zu normalen Hochzeitsfesten, wo man sich noch in der Kirche mit irgendwelchen privaten oder beruflichen Sorgen herumplagen musste. Bei denen man nicht viel trinken durfte, weil man am nächsten Tag gleich den nächsten Termin hatte oder man alles einfach nur verglich mit der eigenen Hochzeit und am Ende entweder enttäuscht war, weil sie besser war als die eigene oder Genugtuung empfand, weil es verschiedene Probleme gegeben hatte. Hier war kein Mensch, der seine Hochzeit mit dieser hier vergleichen würde. Es war eine andere Dimension von Hochzeit, und dieses Fest war dazu gedacht, alle Menschen, die hier waren, gleichermaßen zu beschenken mit der eigenen Freude und den gemeinsamen Träumen und Zielen, die man verfolgt hatte.

Monsieur Paradu, der in seiner Freizeit tatsächlich Chorleiter ist, dirigierte die Hochzeitsgesellschaft an ihre jeweiligen Plätze. Wir saßen in der zweiten Reihe rechts, direkt hinter Maliks Familie. Neben uns saßen Eliza und Anja, die Jungs, Kenny und Jamling. Es folgten gehauchte Begrüßungen, wilde Winkereien und Zwinkereien, wie man das in Kirchen halt so macht.

Auch an den Bankreihen waren dieselben Blumengebinde angebracht wie draußen auf dem Hof. Cremefarbene und gelbe Glockenblumen mit Grünzeug. Verzeihung, Schatz. Tazetten (Strauß-Narzissen) mit Schleier-Kraut. Sie rochen gut. Die Kirche war eindrucksvoll festlich geschmückt. Aufgrund des prunkvollen Altars schließe ich, dass es eine katholische Kirche war. Gerade als ich noch die Leiden Christi an den Wandgemälden verfolgte, setzte das Orchester ein. Wie ein einzelner Mensch stand die Gesellschaft auf und drehte sich um. Die Empore war von einem beeindruckenden Orchester besetzt. Ich gehe davon aus, dass es ein berühmtes Orchester war, und sie spielten „Fields of Gold" in einer wunderbaren Akustik-Version.

Die Prozession wurde von Maliks Nichten angeführt. Sue und Sam trugen helle Sommerkleider und Schleifen im dunklen Haar. Die Größere strahlte vor Freude und warf eifrig mit Blütenblättern um sich. Die Kleinere wirkte irgendwie mürrisch und schmiss nur vereinzelte Blätter auf den Boden. Wahrscheinlich hatte es davor einen kleinen Knatsch gegeben. Danach folgten die Trauzeugen. Moe mit seinen lockigen Haaren, die er als Einziger von seiner Mutter geerbt hatte, und eine junge hübsche Frau, die sehr große Ähnlichkeit mit Britt hatte. Danach kam das Brautpaar. Britt sah

umwerfend aus. Dieses braune, kleine, geschmeidige Reh
war in ein wunderschönes cremefarbenes Kleid gehüllt,
das mit Perlen bestickt war. Gerade als sie durch das
Portal ging, fielen Sonnenstrahlen auf ihr Kleid, und
sie funkelte wie ein Diamant. Und irgendwie auch von
innen. Ihr braunes langes Haar war hochgesteckt und
mit Blumen geschmückt. Darüber trug sie einen
hauchzarten Schleier. Malik hatte einen seligen
Gesichtsausdruck. Er lächelte ganz sanft und seine
Augen waren hellwach. Er trug einen dunklen Frack mit
einer Weste passend zu Britts Kleid. Die beiden
schwebten förmlich zum Altar.

In der Zwischenzeit war der Pfarrer vorne erschienen
und lächelte das Brautpaar gütig an. Das Orchester
endete punktgenau mit dem letzten Schritt des Paares,
und der Pfarrer bedeutete der Gesellschaft, sich zu
setzen. Der Pfarrer sah aus wie ein ergrauter Löwe. Im
Gegensatz zur üblichen Tonsur hatte er volles, langes,
graues Haar und dazu einen grauen Vollbart, der aber
auf ein gepflegtes Maß gestutzt war.
Sein gütiges Lächeln war verschwunden und wirkte nun
ernst und feierlich. Aber auch äußerst prüfend. In
seiner Ansprache wandte er sich überwiegend an das
Brautpaar, und ich hatte den Eindruck, Malik und Britt
ständen vor einem Richter. Im Laufe seiner Predigt
schien er jedoch immer mehr mit den Reaktionen der
beiden einverstanden zu sein und seine Miene hellte
sich immer mehr auf, bis sein Gesicht wieder dieselbe

gütige, freudige Stimmung wie zu Anfang angenommen hatte.

Nun wandte er sich der Gemeinde zu und sagte: „Wenn einer der hier Anwesenden Einwände gegen die Vermählung dieser beiden hat, so möge er jetzt sprechen oder für immer schweigen." Es herrschte eine kurze Zeit Stille. Dann fuhr der Pfarrer fort: „So frage ich dich Malik, willst du die hier anwesende Britt unter all diesen Zeugen zu deiner Ehefrau nehmen, sie lieben und ehren in guten wie in schlechten Tagen, so antworte ,Ja, mit Gottes Hilfe'." Malik sprach deutlich aber unverkennbar gerührt: „Ja, mit Gottes Hilfe".

„So frage ich dich Britt, willst du den hier anwesenden Malik, zu deinem Ehemann nehmen, ihn lieben und ehren in guten wie in schlechten Tagen, so antworte ,Ja, mit Gottes Hilfe'." Britt hatte Tränen in den Augen und ihre Stimme klang ein wenig heiser, aber bestimmt, als sie sagte: „Ja, mit Gottes Hilfe."

„Bitte tauscht nun die Ringe." Moe reichte Malik den Ring, und Malik steckte ihn Britt behutsam an den zarten Finger. Die junge Frau reichte Britt den Ring, und sie steckte ihn Malik an den Finger.

Der Pfarrer nickte kurz und fuhr fort: „Hiermit erkläre ich euch beide, kraft meines Amtes, zu Mann und Frau." Mit einem wissenden Zwinkern fügte er hinzu: „Jetzt dürft ihr euch küssen."

Malik wandte sich Britt zu und stülpte ihr sehr vorsichtig den Schleier nach hinten. Sie umfassten jeweils mit beiden Händen das Gesicht des anderen und küssten sich.

Die Menge brach in frenetischen Jubel aus. Viele der Anwesenden hatten Tränen in den Augen und applaudierten lautstark.

Wir hatten alle damit gerechnet, dass Malik und Britt nun aus der Kirche ausziehen würden und wir ihnen freudig folgen würden, aber die beiden blieben stehen, bis sich die Menge beruhigt hatte. Die ganze Zeit über hielten sich die beiden an der Hand.

Das Leben

Ein sehr großer Teil in mir wünscht sich niederschreiben zu können, dass Malik und Britt nach diesem Kuss freudetrunken die Kirche verließen und mit dem Cadillac Cabrio, in dem Hannah und ich gefahren sind, in den Sonnenuntergang fuhren, um ihre Flitterwochen und ihr Leben zu genießen. Dass sie lange und glücklich lebten. Und wenn sie nicht gestorben sind, dass sie dann noch heute leben. Aber wie ich eingangs sagte, ist das hier kein Märchen.

Nach dem Kuss und dem frenetischen Applaus der Hochzeitsgäste wurden Malik und Britt ganz leise. Malik schaute Britt an, und sie nickte ihm ganz sachte zu, mit Tränen in den Augen. Während der gesamten Zeit aber ließ sie Maliks Hand nicht los.

Malik wandte sich uns zu, und sein Blick glitt über die Menge. Er sah nicht traurig aus, sondern nur etwas verlegen. Ich hatte das Gefühl, dass Malik zu jedem persönlich sprechen wollte:

„Als ich euch zu einer Hochzeit eingeladen habe, habe ich das getan, um den Höhepunkt im Leben eines gesegneten Menschen zu feiern. Nach meiner tiefsten Überzeugung liegt das größte philosophische Glück darin, einen Menschen zu finden, mit dem man sich tatsächlich teilen kann. Es passiert immer wieder im Leben, dass man sich zu einem Menschen körperlich sowie geistig hingezogen fühlt, aber nur der Glaube an die seelische Zusammengehörigkeit, welche den wahren, heiligen Sinn einer Hochzeit darstellt, kann die größte Erfüllung sein. Der Glaube an die Zusammengehörigkeit der Seelen ermöglicht uns, wahrhaftig über unsere Gefühle und Gedanken zu sprechen. Sollten wir etwas verschweigen, dann wohl nur, um den anderen Menschen nicht zu kränken, und deshalb haben wir in einer Ehe Zeit dafür, den richtigen Moment abzuwarten.

Diese Zeit ist mir mit Britt nicht vergönnt. Und sie war es mir davor auch nicht mit einem einzelnen Menschen.

Aber mit euch allen, die ihr heute hier seid. Ich durfte mit vielen von euch träumen, Momente und Anblicke genießen, Gedanken teilen und mit manchen auch lieben.

Die Wahrheit ist, dass ich sterben werde. Nur, was mich unterscheidet, ist, dass ich ziemlich genau weiß, wann.

Aber so ist das Leben, meine Freunde und Lieben.

Man hat kein Anrecht auf Glück im Leben, aber wer es bekommt, soll es bitte zu schätzen wissen. Ich hatte unendliches Glück mit den Menschen, die mir begegnet sind, aber endliches Glück wie jeder andere Mensch auch. Und nur, weil mir die Möglichkeit offen stand, gewisse Träume zu erfüllen, weiß ich, dass jeder Mensch hier auch alles tun würde, um den Menschen, die einem so ein erfülltes Leben beschert haben, zu danken. Die Kraft, ein außergewöhnliches Leben zu führen, erfährt man durch die Menschen, die einen umgeben und den wahrhaftigen Umgang mit ihnen.

Die meisten Menschen erkennen erst, was sie erfahren, wenn es zu spät ist. Der Moment des Todes ist der Moment in dem wir ganz klar erkennen, wie kostbar das Leben ist. Das größte Geschenk kommt zum Schluss. Wer sich dessen bewusst wird, braucht den Tod nicht zu fürchten.

Britt und ich hatten nicht vor, wirklich zu heiraten. Ich hatte Britt ursprünglich engagiert, meine Braut zu spielen, weil ich mit euch, nicht meinen Tod feiern wollte. Ich hatte vor, euch heute die Wahrheit zu sagen und euch um euer Verständnis zu bitten. Aber die Dinge entwickeln sich oftmals anders als wir erwarten oder überhaupt in der Lage wären, uns vorzustellen. Es ist unglaublich, welche großartigen Wendungen das Schicksal für uns bereithält, wenn wir lernen, darauf zu trauen.

Britt und ich haben doch geheiratet, weil wir uns lieben. Wir sind unendlich glücklich und wir werden jetzt in die Flitterwochen aufbrechen. Ich hoffe, niemanden hier enttäuscht zu haben. Wer es doch ist, darf es sein, aber ich bin es gewiss nicht."

Malik gab dem Orchester ein kleines Zeichen.

Im ersten Moment wirkten alle Leute geschockt, aber dann setzte das Orchester ein. Sie spielten den Hochzeitsmarsch aus dem Sommernachtstraum, und sie spielten es wunderschön. Dann fing der Erste an zu klatschen. Dann der Zweite. Dann fingen alle an zu klatschen, zu jubeln und die besten Glückwünsche zu rufen.

Und nun folgten alle Menschen dem Brautpaar doch nach draußen. Gemeinsam verließen wir die Kirche. Als auch wir durch das Kirchenportal traten, konnten wir von Weitem sehen, dass Britt und Malik ganz vorne auf dem Marktplatz standen und schon von einer riesigen Gratulanten-Traube umgeben waren.

In stiller Übereinkunft der Gemeinschaft sagte keiner der Anwesenden etwas über Maliks Worte. Keiner schaute die beiden traurig oder mitleidig an. Dass wir uns bei ihm für immer verabschieden würden, war den meisten Menschen zu diesem Zeitpunkt gar nicht bewusst.

Wir standen direkt hinter Maliks Eltern. Wir wurden von allen vorbeigelassen. Und an Annis Reaktion erkannte ich, dass auch sie keine Ahnung gehabt hatte. Aber sie verstand ihren Sohn gut. Sie nahm ihn ganz fest in ihre Arme und küsste ihn auf die Stirn und auf den Mund. Sie vergoss keine Tränen der Trauer. Nicht an diesem Tag.

Maliks Vater küsste Britt auf die Wange und umarmte sie. Malik schaute er fest in die Augen, drückte ihn kurz und schüttelte seine Faust vor der Brust. Ich glaube in der Sprache der Väter heißt das: „Ich bin stolz auf dich."

Malik strubbelte Moe durch das lockige Haar und klopfte ihm auf die Schulter. Ich hörte ihn sagen: „Du bist auch bald dran mit Heiraten." Moe lächelte und ließ seine Schwestern, Schwager und Nichten an Malik herantreten.

Dann waren Hannah und ich an der Reihe. Britt nahm Hannah wie eine Schwester in die Arme und küsste sie auf die Wangen. Dasselbe tat sie auch bei mir. Malik küsste Hannah auch und nahm uns beide an seine Hand. Dann sagte er zu uns: „Ich danke euch so sehr, dass ihr gekommen seid. Ich bin so stolz auf dich, Sebas. Du weißt nicht, wie sehr." Er umarmte uns beide zugleich. Als wir gerade Platz machen wollten, hielt er mich noch kurz am Arm und sagte: „Achte auf dein Herz, mein Freund. Es wird dir immer sagen, was du zu tun hast."

Wir legten unser Geschenk zu den übrigen auf eine große Tafel und schauten zu, wie sich Malik und Britt von den übrigen Gästen beglückwünschen ließen.

Dann endlich stiegen die beiden in den Cadillac und fuhren dem Sonnenuntergang und ihren Flitterwochen entgegen.

Ich brauchte sehr lange, um Maliks Worte richtig zu verstehen. Sowohl die in der Kirche als auch das persönliche Wort an mich. Vielleicht hat er es auch ein wenig anders formuliert und manche Dinge sogar noch schöner gesagt, als ich sie wiedergeben kann.

Es geht darum, selbst herauszufinden, was in einem steckt und wer man wirklich ist. Malik war einer der Besten, aber auch er hat seine Zeit dafür gebraucht.

Und wenn man nicht damit rechnet, hält das Schicksal die größte Überraschung für uns bereit.

2 Maliks Vermächtnis

Drei Wochen später ist Malik gestorben. Es war Darmkrebs, der im ganzen Körper gestreut hatte. Die Ärzte hatten ihn entdeckt, nachdem Malik beim Abstieg vom Gipfel des Cho Oyu Probleme mit der Lunge hatte. Wahrscheinlich hatte die Probleme auch der Krebs ausgelöst. Deshalb waren ständig Sanitäter und sein Leibarzt in der Nähe. Ob es die Medikamente der Ärzte waren oder der Traum von dieser Hochzeit, die ihn so kurz vor seinem Tod so vital hielten, wird auch sein Geheimnis bleiben. Britt berichtete, dass er die letzten Tage seines Lebens besonders genossen hat und sie viel von ihm gelernt habe. Es war ein wunderschöner Morgen mit makellos blauem Himmel und strahlendem Sonnenschein, an dem Malik nicht aus dem Schlaf erwachte.

Die Beerdigung fand in Amerika statt. Bis auf ein paar Menschen war die gesamte Hochzeitsgesellschaft vertreten. Die Andacht leitete der gleiche Pfarrer, der die Trauung übernommen hatte. Er hieß Pater Constantine. Er sprach davon, dass die Zeit nicht für alle Menschen gleich vergeht und dass wir oft die Zeit in ihrem Ablauf messen, aber nicht in ihrer Intensität. Es war eine wunderschöne Predigt. Der alte Löwe wusste genau, von was er sprach.

Die Totenfeier fand auf einer großen, grünen, saftigen Wiese statt. Es waren viele runde Tische aufgebaut und es gab ein Buffet, sodass sich die Gäste immer wieder umsetzen konnten, um mit den anderen zu sprechen.

Kenny war mit seiner Ex-Frau und seinem Sohn gekommen. Er begrüßte uns freundlich und stellte uns seine Familie vor. Seine Ex-Frau behandelte ihn sehr liebevoll.

Eliza und Jamling erzählten Geschichten von den Abenteuern, die sie mit Malik erlebt hatten. Naja, Eliza erzählte, und Jamling ergänzte hin und wieder. Aber hin und wieder, wenn keiner schaute, schniefte Eliza sehr heftig.

Anja war allein gekommen, aber kümmerte sich sehr fürsorglich um Britt. Wo sie ihr zur Hand gehen konnte, half sie ihr.

Maliks Familie war sehr ruhig. Als mich Maliks Mutter entdeckte, drückte sie mich wieder so fest an sich, dass es mir die Luft abschnürte, aber ich erwiderte die Umarmung genauso heftig. Sie hatte Tränen in den Augen und strich mir mit ihrer Hand über die Wange, aber sagte kein Wort. Hannah blieb noch eine Weile bei ihnen stehen und unterhielt sich leise mit Moe.
Die Jungs saßen an einem Tisch etwas abseits und tranken eine Flasche Glenfiddich. Als ich an ihren Tisch kam, blickten sie auf, und Sonny schenkte mir wortlos ein Glas ein und stellte es vor mich hin. Ich setzte mich dazu. Lange sagte keiner von uns etwas.

Und es war dann nicht Joe oder der wortgewandte Sonny, sondern Mike, der es sagte: „Es ist schon komisch, aber jetzt, wo er nicht mehr da ist, ist mir klar geworden, wie stolz ich immer auf seine Freundschaft war. Ich glaube, diese Tatsache hat mir immer am meisten Zuversicht gegeben." Wir schauten Mike an und konnten alle nur nicken. Sonny sagte ein wenig heißer: „Er war der Beste von uns." Ich erhob mein Glas und sagte: „Auf Malik." „Auf Malik." Und wir tranken die Gläser aus und schmissen sie in hohem Bogen ins Gras.

Britt wirkte gefasst, aber auch unendlich traurig. Sie sagte zu Hannah und mir: „Ich habe es von Anfang an gewusst, und ich möchte auch einfach nur dankbar sein für die Zeit, die ich mit ihm hatte, aber er fehlt mir so sehr." Ich nahm sie fest in den Arm und weinte mit ihr.

Außer ihr, hatte er sich keinem Menschen anvertraut. Du hast die coolen Abgänge einfach drauf gehabt, mein Freund. Deine Geheimnisse hast du vielleicht zu sorgsam gehütet.

Die Gemälde, die aus den Fotos entstanden sind, die am Tag des Polterabends gemacht wurden, schenkte Britt den jeweiligen Gästen. Britt behielt das Fotoalbum. Ich glaube, jeder von uns wusste, dass wir für immer miteinander verbunden sein würden.
Sein Vermögen teilte Malik ein in die Absicherungen seiner Frau, seiner Familie und seiner Angestellten.

Der Großteil floss jedoch in eine Stiftung zur Förderung und Ausbildung von Jugendlichen. Diese Stiftung vergibt Stipendien für Jugendliche auf der ganzen Welt.

Mein Vater hatte meinen alten Roller aufgehoben. Heute habe ich also beide Roller, und ab und zu fahre ich mit einem. Aber zurzeit kann ich Hannah leider nicht mitnehmen. Ihr Bauch ist ein wenig zu groß. Die Hochzeit ist jetzt ein halbes Jahr her, und Hannah ist im fünften Monat schwanger.

Wir beide wissen, warum wir Kinder haben möchten. In einer Welt, in der solche wunderbaren Menschen leben und in der so vieles möglich ist, möchten wir leben.

Ich habe den Job als Anwalt aufgeben. Hannah hat gesagt, meine Sprache hat eh nie zu der eines Anwalts gepasst. Komisch, oder? Ich war immer ein Träumer und habe viel gelesen. Das war auch ein Thema von Malik und mir. Als Malik nach Amerika gegangen ist, habe ich gedacht, viele Träume verloren zu haben. Nachdem er gegangen ist, habe ich noch mehr gelesen, aber meine Gedanken daran nicht weiter verfolgt. Ich wollte etwas Beständiges, etwas Sicheres. Aber das gibt es nicht. Jetzt sind meine Träume wieder da, und ich habe den Mut, ihnen zu folgen. Ich schreibe jetzt also Bücher. Meine Jungs daheim sagen, ich wäre auch beim Fußball viel kämpferischer geworden. Ob das so ist, kann ich nicht beurteilen. Auf alle Fälle bin ich bereit, etwas zu riskieren. Vielleicht werde ich auch mal meine Schwester Marie auf einer Umweltkampagne unterstützen.

Man sagt, eine misslungene Hochzeit bedeutet eine gute Ehe. Wahrscheinlich war diese Hochzeit zu perfekt. Oder es ist auch hier umgekehrt.

Dies ist die Geschichte meines besten und ältesten Freundes, dessen wiedergefundene Nähe, auch wenn sie nur für kurz war, mein Leben wieder in die richtigen Bahnen gebracht hat. Mir meine Angst davor genommen hat, zu leben. Nicht, weil das Leben kurz ist, es ein Geschenk ist oder weil alles vergeht, sondern weil es immer wieder ganz besondere Menschen gibt. Und wenn man das Glück hat, am Leben von den Menschen teilzuhaben und nicht immer alles nur auf sich selbst bezieht und dem Schicksal und der Fügung ein gutes Stück Vertrauen schenkt, sich für die meisten Menschen ein erfülltes Leben ergibt.

Hätte Malik die Wahrheit überhaupt noch sagen müssen? Ja. Er wollte nicht mit den Menschen trauern. Er wollte seine letzte Zeit wunderbar und unbeschwert verbringen. Er hat uns in dieser Hinsicht nicht belogen, sondern unendlich reich beschenkt.

Meine Erinnerungen sind alle zurückgekehrt. Erinnerungen an Kindergeburtstage, Besuche im Technikmuseum, Jugendfreizeiten, viele Nachmittage, die wir einfach nur spielend und gemeinsam verbrachten. Ich könnte noch so viel mehr schreiben, aber eigentlich wünsche ich jedem da draußen, dass er auch einen guten Freund hat, mit dem er so viele Erlebnisse teilen durfte. Und hoffentlich noch darf.

Dieses Buch ist Malik gewidmet, dem ich hiermit die Ehre erweisen möchte.

Ende.

Danksagungen

An dieser Stelle möchte ich meiner Familie danken. Für alles.

Marc Nagel, der selbst Autor ist, für seine Meinung und Korrektur.

Gecko Keck, der auch Autor ist, für seinen guten Rat.

Severine Köppel für Ihre herzliche Betreuung.

Und meiner Hannah, wo immer sie gerade ist, und was immer sie gerade macht.